唇が触れあう。
かすかに触れあったまま、訴えられる。
「……一回でも一回でも、多く、したい」
illustration FUSANOSUKE INARIYA

illustration FUSANOSUKE INARIYA

蝶宮殿の伽人

The attendant in Farasha Mahal

沙野風結子
FUYUKO SANO presents

ガッシュ文庫
KAIOHSHA

イラスト／稲荷家房之介

CONTENTS

蝶宮殿の伽人

プロローグ

鉄格子の門の向こう側に佇《たたず》む、美しい小宮殿。

夕陽の色と混ざって判然としないが、どうやらそれは薄紅色の大理石で組まれているらしい。大小の尖塔《せんとう》が組みあわされているさまは、いましがた王宮の庭で見たダマスクローズの丹念に重ねあわされた花弁を彷彿《ほうふつ》とさせた。

しかし小宮殿の麗しさとはうらはらに前庭はすっかり荒れ果てていて、砂漠にも根づくような雑草しか見当たらない。

まるでこの門を境界線にして、幾星霜《いくせいそう》ものズレが生じているかのようだった。

果たして、この封殺された場所にはどんな物語が眠っているのか。

羽生望《はにゅうのぞむ》は門に右肩を預けて目を瞑《つむ》る。

瞼《まぶた》の裏のスクリーンに、豊潤な花と緑に包み込まれた薄紅色の宮殿が浮かび上がる。住人は国王の夫人のうちのひとりだろうか。彼女は色鮮やかな絹と紗布《さふ》と宝石を纏《まと》っていて……。

アラビアンナイトの挿絵《さしえ》のような世界を楽しんでいた望は、ハッと目を見開いた。

「…っ」

腰になにかが巻きついてきたのだ。

門を背にするかたちで、後頭部を鉄格子に打ちつけられる。視界には暗くなりはじめた異国の王宮の庭園が広がっている。背後に――門の向こう側に、誰かがいた。

その誰かが、鉄柱の狭間《はざま》から出した二本の逞《たくま》しい腕で、望の胴体をギリギリと締めつける。

「は、離してくださいっ」

動転して日本語で抗議すると、背後の男が身を震わせた。男がつけているらしい香水の匂いがする。

――……麝香《じゃこう》だ。

麝香のうえに、涼やかな花の香りが乗っている。砂漠に一筋の水が流れゆく心象が浮かぶ。

「……やっぱり、日本人か」

「えっ」

異国の地で日本語を耳にして、望は大きく目をしばたいた。

「懐かしい――名前、お前の名前はなんだ?」

わずかな抑揚の狂いはあるものの、なかなか流暢《りゅうちょう》だ。

思わず、下の名前だけ答えてしまう。

「望」

「ノゾム」

「……君は、いったい……ん」

変に息が乱れて、男の手が胸を這《は》っているのに気づく。麻のカッターシャツが、男の大きな手指の動きに深い皺《しわ》を作る。前の合わせ目の、ボタンとボタンのあいだから中指がずるりと入り込んだ。

素肌を象牙《ぞうげ》色の指に忙《せわ》しなく擦《こす》られる。

「なにをして——」

ピリピリする刺激が左胸のやわい部位に走った。

いくら身体《からだ》の線が細いほうでも、望の身長は百七十センチ以上ある。面立《おもだ》ちも女性に間違われるほど甘くはない。なにより、こうして胸に触れ、乳首を摘《つま》んでいれば性別は確実にわかるはずだ。

——男だとわかって、やってるのか……。

相手の吐息が髪にかかる。

刺激で凝固した粒を指先でコリコリと弄《いじ》られる。ビクッと身体が跳ねると、錆《さ》びた門が揺れて耳障りな音をたてた。

羞恥に混乱しながら望は問う。

「君は、何者なんだ…っ、どうしてこんな」

乳頭の先を丸く撫《な》でられた。

「…タ…ファ」

耳の後ろに答えが吹きかけられる。

「ムスタファ」

1

物語のひとくさりぶんの和訳を終えて顔を上げ、望《のぞむ》は色素の薄い眸《ひとみ》を上げた。すっきりとした二重の目をしばたたく。

いつの間にか、机の前にある窓は夕焼けの色に染まっていた。

疲労に張った首のつけ根を揉《も》みほぐしながら、原書とノートパソコンと表紙の擦り切れた辞書を閉じる。

ただでさえ分厚いオックスフォード英英辞典は、アコーディオンのようにぶ厚く膨らんでしまっている。翻訳の際、細かいニュアンスまで拾って反映させるのに、この英英辞典は欠かせない。

――もう、八年もこれの世話になってるのか。

パラパラとめくれば、あらゆるページに鉛筆やカラーペンで書き込みがしてある。それらを流し見ていくと、頭のなかでいろんな記憶がチクチクと刺激された。「N」の項目で、ページが止まる。

余白部分に青いペンでNilesと記されている。文字を指先で辿《たど》り、呟《つぶや》く。

「ナイルス……」

この辞書を購入したのは大学生のころで、望は中東からの留学生であるナイルスと親しくしていた。彼はずいぶん前に故国に帰ったが、いまでも月に二、三度は電話や電子メールでやり取りをしている。

翻訳の仕事のうちアラビア語関係のものは、ほとんどがナイルスのコネクションによるものだ。コネも実力のうちの業界だが、ナイルスの顔を潰《つぶ》したくないから実力以上の仕事をするように努めている。

彼は望にとって、特別な人だった。

「……コーヒーを淹《い》れてから、もうひと仕事するか」

同居人もなく自宅で仕事をしていると、なにも喋《しゃべ》らないまま一日を終えることがよくあるから、ひとり言の癖がついてしまった。

立ち上がりかけたところで、電話がグリーンスリーブスの曲を鳴らしはじめた。

Alas, my love, you do me wrong…（ああ、愛する方よ。残酷な方）

口のなかでイングランド民謡を口ずさみながら、ディスプレイを覗《のぞ》き込む。

メロディが続いていく。

Delighting in your company…（あなたのお傍《そば》にいるだけで、倖《しあわ》せでした）

少し緊張しながら受話器を持ち上げる。

「はい、羽生《はにゅう》です」

相手に気持ちを悟られないように、過剰に落ち着いた声音で電話に出た。

『望、少し久しぶりですね。元気にしていましたか？』

アラビアの匂いが混じる日本語だ。

「相変わらず家に籠《こ》もりがちだけど、それなりに。ナイルスも変わりはない？」

ワーキングデスクに置かれている世界時計を見る。ベノールとの時差はおよそ七時間。向こうは午前十時をすぎたところだ。

こうして声を聞くことはあっても、丸四年も顔を合わせていない。

——会いたいな…。

その想いは誓って口には出さなかったのだが。

『君にどうしても頼みたいことがあります』

「うん？」

『ベノールに来てくれませんか？』

翻訳の仕事と、もうひとつ望に適任な仕事があって、どうしても引き受けてもらいたいとナイルスは言った。しかも、ベノール行きは早ければ早いほどいいらしい。

考えさせてほしいと告げて電話を切ったくせに、望は受話器を置いたその手で手帳を開き、仕事の調整を頭のなかで繰りだす。

いま手がけている仕事は急げば今週中に上げられる。

次の仕事は歴史が絡むから資料が必要だ。最低限のものは買い集めてベノールに赴き、不足分は友人に送ってもらえばいい。早急なやりとりが必要な仕事は、同業の知人に頼めるだろうか。

自分でも呆《あき》れるほどの手際よさで、望は翌週の頭には機上の人となっていた。


バンコクとドバイで乗り継ぎをして、ベノール行きの小型機に乗り込む。ベノール王国はビジネス以外の外国人に入国許可が下りないため、観光客らしき姿は機内に見当たらなかった。

望は深呼吸をして目を閉じる。

ナイルスとの物理的な距離が近づくにつれて、一緒にいたころの記憶が鮮やかに甦《よみがえ》ってきていた。

ふたりの出会いは、大学だった。

一流大学とはいえ男が英文学科に進んでも就職活動で苦労するだけだと親や教師からさんざん反対され、しぶしぶ経済学部も受験してそちらも合格していたのだが、望は結局、自分の気持ちに正直に英文学科を選んだ。

英語だけでなく、子供のころから――高校に上がるまでひどい喘息《ぜんそく》を患っていて家や病院で本を読む時間が長かったせいもあるのだろうが――日本語も、ほかのあらゆる外国の言語も好きだった。言葉を通じて自分の世界が無尽蔵に拡《ひろ》がっていくみたいでワクワクした。

好きこそものの上手なれを体現し、高校の交換留学先だったイギリスから帰るころには、ネイティブレベルだと褒められるほど上達することができた。

大学の英文学科の在籍者は圧倒的に女子が多かったが、望はあまり違和感なくそこに溶け込んでいた。

望は喘息患者にありがちな抜けるような白い肌をしている。目や髪の色素も生まれつき薄く、唇には血の色がほんのりと滲《にじ》む。そういった外見のいくらか女性的な要素もさることながら、元から異性とも友達としてフラットに付き合うタイプだった。

大学生活にも順調に馴染《なじ》んできた一学期の終わり。

アルバイト募集の紙がベタベタと貼《は》られた大学校内の掲示板で、望はひとつの求人を見つけた。ずいぶんと時給のいい通訳のアルバイトだった。

すぐに大学の事務局を通して応募したが、好条件だけあってすでに十人以上の申し込みがあると告げられた。

望はダメ元で、校内のカフェでの面接に臨《のぞ》んだ。事務員から名前を聞いた時点でわかっていたが、テラス席で待っていたのは外国人だった。

名前はナイルス・ベノール。中東の出身で、深い二重の目をした優しげな顔立ちをしている。すらりとした肢体《したい》に色の深い肌、黒い眸と髪。白いカッターシャツに濃紺のベストとスラックスというシンプルな服装だったが、風情に特別な品格があった。

ナイルスは英語で話しかけてきた。日本語習得に苦戦しているため、大学の講義内容の部分的な英訳を依頼したいのだという。また英語を媒介にして日本語を教えてほしいということだった。

望の英語での受け答えが、お眼鏡《めがね》に適ったらしい。その場でアルバイト契約が成立した。

ナイルスは同じ大学の経済学部に通う一年生だった。年は望より三歳うえで、日本の大学に入る前にアメリカの大学を卒業していた。彼の世界はとても広く、話しているといつも時間がたつのを忘れた。

そんな彼が、日本という国にずいぶんと好感を持ってくれている様子なのが、望は誇らしく、嬉《うれ》しかった。

望が日本語を教えるように、ナイルスのほうもアラビア語を望に教えてくれるようになり、出会って半年ほどたったころに雇用関係を解消し、改めて友人として親しく付き合いを続けた。

彼の家にも頻繁に招かれた。

セキュリティの厳重なマンションの最上階にある住居にはいくつもの広々とした部屋があり、見るからに高級そうな家具が揃えられていた。

ハッサンというひとまわり年上の男が世話係として同居しており、ほかに料理人ひとり、家政婦兼ボディガードとして五人の男がいた。彼らはすべてナイルスと同じ国の出身なのだという。

どう考えても格別に裕福な家の子息に違いなかったが、ナイルスは家族のことを話そうとはしなかった。母国のことを話すときも具体的な国名を挙げることはなかった。

望もあえて問い詰めたりはしなかった。

実際のところ、彼の背景などどうでもよかったのだ。ただ、ナイルスと一緒にいられるのが嬉しかった。彼はまるで、未知のことがたくさん載っている素敵な装丁をした外国の本のようだった。望はその本を、朝も昼も夜も手にしていたいと思った。

そんな人と出会ったのは初めてで——気がついたときには恋に落ちていた。

自分が同性を好きになるタイプの人間だとは知らなかったから動揺したけれども、考えてみれば異性と友達のように親しくすることはあっても恋愛感情を刺激されることはなかった。

恋愛はいつも、本に綴《つづ》られた文字のなかにあった。

それが現実へと姿を現したのだ。

ナイルスに気がつかれないように努めつつも、望はその恋に夢中になった。

……そしてときおり、ナイルスは望の気持ちを知っているかのようなまなざしを向けてきた。そんな時は勘違いだろうと思いつつも気恥ずかしくて幸福で、まともに顔を見られなくなってしまう。そうするとナイルスがそっと肩を抱いてくれる。

想いが通じているような通じていないような日々は甘くて切なくて、物語の主人公にでもなったような高揚《こうよう》感に満ちていた。

ナイルスが羽生望というごく普通の大学生に、彼の特別な知識や雰囲気を分け与えてくれたお陰だろう。

大学四年になった望は、大手ではないものの、洋書を多く手がけている第一志望だった出版社から内定をもらうことができたのだった。

そのことを、親より先にナイルスに報告したかった。

彼のマンションにじかに行って報告すると、ナイルスはソファに並んで座った望を両腕で抱き締めてくれた。望もハグの感覚で彼の背に手をまわした。

しかしその抱擁はやたらに長くて、喜びは次第に熱っぽい昂《たか》ぶりへと変化していった。

下腹部に異変が起こってきて、慌てて身体を離そうとすると、ナイルスが至近距離から覗き込んできた。

息が止まりそうなほどの緊張感。

見慣れた優しげな顔が近づいてきた。唇にやわらかな圧迫を感じる。なにをされているのか……わかっているのに、わかっていなかった。とても現実だと思えなかったのだ。

ふいに、リビングに入ってくる足音が聞こえて、ふたりの唇は離れた。

「飲み物をお持ちしました」

長身にダークスーツを着たハッサンが、無表情に言う。

ナイルスはなにもなかったように振る舞ったが、望は手が震えて紅茶を口許《くちもと》まで運べなかった。

喘息の発作が起こりそうな息苦しさに襲われてその日は早々に家に帰ったのだが、夜遅くに携帯電話が鳴った。ハッサンからだった。いまから会って話がしたいと硬い声で告げられた。

昼間のキスについて、なにか言われるのだろう。

しかし、少なくとも自分のナイルスに対する気持ちは浮ついたものではない。それだけは伝えなければと思いながら、家の近くの路上に停められていたハッサンの乗る車の助手席に乗り込んだ。

ハッサンの彫りのしっかりした顔には、これまで見たことのない険しい表情が浮かんでいた。彼はなかなか口を開こうとしなかった。望のほうも気圧《けお》されて、やはり黙り込んでしまう。

長い沈黙ののち、ようやくハッサンが低い声で喋りだした。

その内容は——望の予想をまったく逸脱したものだった。

「ナイルス様は、ベノール王国の第一王位継承者なのです」

「…………」

「ベノールは小国とはいえ石油資源と宝石の鉱脈を持つ恵まれた国で、王となる者には穢《けが》れがあってはなりません」

ハッサンが咎《とが》める視線を向けてきた。

「ほかの中東諸国と同様、ベノールは敬虔《けいけん》なイスラム教国家です。ですから、もう二度と、ナイルス様と今日のようなことはしないでください」

望は驚きのあまり言葉も出せないまま、きつく目を閉じた。

ナイルスがイスラム教徒《ムスリム》であるのは、知っていた。酒を飲まず、豚肉を食さず、一日五回の礼拝の時間には街中にいてもメッカのほうを向いて黙祷《もくとう》することを欠かさないほど、熱心な信徒なのだ。

イスラム教において同性愛が固く禁じられていることも、望は知っていた。でも自分が勝手に彼を思うぶんにはかまわないだろうと思っていた。

その甘さが、ナイルスに同性同士のキスをさせてしまったのだろう。

——俺の想いは、ナイルスに迷惑をかける。……彼を穢してしまう。

彼が瑕《きず》のない国王になれるように、望は自分の恋の欲を抑え込むことを選んだ。

しかし、ナイルスと離れることはできなかった。それまでと同じように傍にいて、ナイルスも甘い視線を望に向けてくれる。本当は求めているのに、望は自分から先に視線を外して甘い雰囲気を消す。

ナイルスも一回きりの気の迷いだったのか、二度目のキスをしてくることはなかった。

それでよかったはずなのに、日に日に募っていく欲求に耐えられなくなって、望はときおり新宿《しんじゅく》二丁目に足を運ぶようになった。そこで何人かのゆきずりの男とそれぞれ一回限りの関係を持った。

生理的な快楽はあったが、ペニスを挿入されるのは気持ち悪くて苦痛でしかなかった。しかしむしろその苦痛こそが、ナイルスへの想いをいっとき忘れさせてくれたのだった。

つらくて、しかし大切な日々。

それは卒業式を目前にしたある日、ふいに断ち切られた。

望に別れも告げず、ナイルスは消えてしまったのだ。突然切り捨てられたことは、望の心身に深いダメージを与えた。

不眠になり、もうずっと治まっていた喘息の発作《ほっさ》が起きた。日常とは違う、死が身近に寄り添う極限の苦しさ。

医者にかかったが薬がうまく効かず、そのまま出版社の新入社員生活に突入した。

新入社員とはいえ即戦力で働かなければならない職場であり、体調が悪化していくなか、望は病院で点滴を打ってもらいつつ必死に仕事に取り組んだ。

しかし夏を迎えるころ会社で倒れ、搬送先の病院で検査を受けた結果、腎臓がかなり弱っていることが判明した。即入院となったものの、なかなか身体は回復せず、喘息の発作も頻繁に起こるようになり、会社にこれ以上の迷惑をかけられない状態になってしまった。

無職になり、体調も芳しくなかったものの、望は学生時代から住む荻窪《おぎくぼ》のマンションを引き払って親元に帰る決断ができなかった。

この部屋にはナイルスとの思い出が詰まっていた。別れから半年以上がたっても未練は募るばかり。

身体にあまり響かない範囲でアルバイトもしたが、いよいよ生活を維持できなくなってきたときだった。

ナイルスから、電話が来た。

話し方の雰囲気が少し変わったように感じられたが、紛れもなくナイルスの声だった。

彼は望に謝罪し、自身がベノール王国の第一王子であること——彼はハッサンが望に真相を告げていたことを知らないようだった——、そして急遽《きゅうきょ》日本を離れなければならなくなった理由を教えてくれた。

それは仕方なかったのだと納得せざるを得ない内容だった。

望の現状を知ると、ナイルスは翻訳の仕事をいくつか紹介してくれた。その仕事はいい評価を受け、また家でできるぶんだけ肉体への負担が少ないせいか、腎臓の数値も安定した。

望は翻訳で生計を立てることを真剣に考えるようになった。

大学時代のゼミの教授や先輩、友人知人を片っ端から訪ね歩いて翻訳の仕事があったら声をかけてくれるようにと頭を下げた。

ナイルスとの繋《つな》がりを取り戻し、新たな生活の目処も立ち、喘息の発作はいつの間にか起こらなくなっていた。

——俺がいま大きな問題もなく暮らせているのは、ナイルスのお陰だ。

空港への到着を告げるアナウンスが機内に流れ、飛行機は予定どおりに着陸した。

ベノールの国際空港は施設利用客が少なそうなわりに、ずいぶんと洗練された造りだった。入国審査を受けて到着ロビーに行くと、スーツ姿にゴドラを被《かぶ》った男が近づいてきた。

「ハッサン」

四年ぶりに会うナイルスの世話係だった。

「ノゾム様、ようこそ、ベノールへ」

日本語で迎えてくれる。

ハッサンはいまもナイルスと望の過剰な関係を心配しているのだろう。微笑を浮かべてはいるものの、その表情は硬い。

自分のなかにナイルスへの想いが燻《くすぶ》っていることもあり、望は後ろめたい気持ちになった。

イスラム教国において同性愛は犯罪とみなされる。宗教的な縛りは同じイスラム教国のあいだでも隔たりがあるが、ベノールはかなり厳格な部類に入るようだ。

「宮殿までの乗り物をご用意しましたので、どうぞこちらに」

乗り物というのはヘリコプターだった。

ベノールは砂の国だ。

ヘリコプターは海の荒波のごとき無数の砂山を越えていく。延々と続くように思われた砂の海が石交じりの土になり、ナツメヤシらしき緑の林へと色を変える。

そして街と王宮が姿を現す。

いくつもの棟からなる宮殿は炎のような頂《いただき》をした尖塔をいくつも孕《はら》み、その斜め後ろには丸い大屋根を被った礼拝堂《モスク》が控える。

王宮はいびつな楕円《だえん》形をした大きなオアシスに面しており、王宮とオアシスを包むかたちで街が拡がっている。

四月とはいえ、日本の真夏に匹敵する陽射《ひざ》しを受ける砂漠の金色、オアシスの青、樹木の緑、宮殿の白。

こうして鳥瞰《ちょうかん》していると、それらは美しく嵌《は》め込まれたモザイク画のように見えた。

高い塀で囲まれた王宮の敷地内にあるヘリポートへと、機体が降下する。

荻窪のマンションを出てから丸一日以上かけて、望はベノール王宮へと辿り着いたのだった。

――ここで、ナイルスは育ったのか。

四年近くも親しくすごして彼のことをずいぶんとわかった気でいたけれども、実際のところはナイルス・ベノールという人について知らないことのほうが多いのだ。そう実感して、少し不安な心地になる。

ハッサンに先導されて宮殿へと向かっていく。淡いマーブル模様を浮かせる白亜の壮麗な建造物が、くっきりとした青空に映える。アーチ型の入り口から回廊に入る。等間隔に柱が立ち並び、それに支えられた天井はまろやかなカーブを描いている。柱にも天井にも細かな浮き彫りがほどこされ、左右に広がる庭には数多《あまた》の花が咲き乱れる。

砂漠の国にいることを忘れてしまうほど、ここは緑豊かで、花や樹木が甘い芳香を放っていた。

高揚する気持ちを抑えながら、ハッサンに尋ねる。

「ナイルスとはすぐに会えますか？」

「ナイルス様は晩餐《ばんさん》までご公務が詰まっておられます」

「お父さん……国王様の体調はまだ芳しくないのですか？」

ハッサンが足を止めて、厳しい視線を向けてきた。

「そのことをどこで知りました？」

「え？　ナイルスから、電話で」

ハッサンの顔が曇るのを目にして、望は確認する。

「これは言わないほうがいいことですか？」

「そうですね。民には内密にしていることですので」

大学の卒業式を前にしてナイルスが急遽帰国したのは、父であるベノール国王が倒れたためだった。

その直後に、反国王派によるクーデターが勃発《ぼっぱつ》した。クーデターが沈静化してから、ナイルスは望に連絡をくれたのだった。

半年以上ものあいだまったく連絡をしなかったのも、通信を傍受されて望に危害が及ぶことを避けるためだったらしい。真相を聞かされて、望はとても彼を責められなかった。

ナイルスが背負っているものは、自分には想像できないほど大きいのだ。

ハッサンに案内された客室で荷物を広げながら、望は考え込む。

こうして飛んできたけれども、果たして、どんなふうにナイルスと接すればいいのだろうか。

大学時代の甘くてつらい日々が胸に甦る。

「俺は、なにを期待してるんだろう…」

呟いた直後にドアがノックされた。

どうぞ、とアラビア語で答えると、黒いチャードルを頭からすっぽり纏った少女が入ってきた。目だけが出るように、黒いヴェールを顔の下半分にかけている。緊張しているのか、声は小さくて掠《かす》れていた。

「サルマーと申します。ノゾム様の身のまわりのお世話をさせていただけて光栄です。どのようなことでもお申しつけください」

望はサルマーに微笑《ほほえ》みかけた。

「よろしくお願いします」

彼女は濃い睫《まつげ》を上下させ、少し安心したみたいに眦《まなじり》をやわらげた。

身体のあらかたを布で覆われているけれども、とても美しい少女なのだろうことが漂う雰囲気から窺《うかが》われた。

イスラム教徒《ムスリマ》の女性は宗教的制約により肌を露出しないことが多いが、近代化の波にともなってスカーフを頭に被る程度でいい国も増えている。

アメリカや日本の文化に触れたナイルスが、こういう女性差別ともいえる服装規制をよしとするとは思えなかった。おそらく、現国王の方針なのだろう。

サルマーに宮殿のなかと庭をひととおり案内してもらってから、望はひとりで見事な庭園を眺めてまわった。この土地の陽射しの強さでは花の傷みも早いだろうに、薔薇《ばら》も梔子《くちなし》も瑞々《みずみず》しい花弁を開いている。大量の水や肥料、人手をふんだんにかけて整えられているに違いなかった。

夕暮れに差しかかり、花々のなかに置かれた外灯が光を放ちだす。幻想的な光景を堪能しているうちにずいぶんと奥まで足を踏み入れてしまった。高い塀に行き当たる。

王宮の外周の塀かと思ったが、見上げれば立派な尖塔が顔を覗かせていた。塀に沿って歩いていくと、いかつい鉄格子でできた三メートルほどの門が現れた。数十本の黒い鉄柱が平行に空へと伸び、その槍《やり》型の先端は向こう側へとカーブしている。

両開きの門にはこちら側からしか開かないように錠が取りつけてあり、そのせいで脱走を赦《ゆる》さない牢獄《ろうごく》めいた様子だ。

鉄格子の向こうに見える建物は、薄紅色の大理石で組まれている。いくつもの尖塔を持つ美しい佇まいの小宮殿だった。

しかしその前庭は無惨に荒れ果てている。

望は門に右肩を預けて目を瞑ると、この小宮殿の過去の物語を夢想した。

庭には花と緑が溢《あふ》れている。この宮殿に住まう人は、おそらく国王の夫人のうちのひとりだ。彼女は黒いチャードルなど身につけず、アラビアンナイトの美女のように装っているに違いない。

しかし、その夢想はふいに断ち切られた。

腰になにかが巻きついてきたのだ。

門を背にするかたちで、後頭部を鉄柱に打ちつけられる。視界には薄暗くなった庭園が広がっている。背後に——門の向こう側に誰かがいた。

柱の狭間から突き出た二本の逞しい腕が望の胴体を締めつける。

「は、離してくださいっ」

動転して日本語で抗議すると、背後の男が身を震わせた。男がつけているらしい香水の匂いがする。

——……麝香だ。

麝香のうえに、涼やかな花の香りが乗っている。砂漠に一筋の水が流れゆく心象が浮かぶ。

「……やっぱり、日本人か」

「えっ」

異国の地で日本語を耳にして、望は大きく目をしばたいた。

「懐かしい——名前、お前の名前はなんだ？」

わずかな抑揚の狂いはあるものの、なかなか流暢だ。

思わず、下の名前だけ教えてしまう。

「望」

「ノゾム」

「……君は、いったい……ん」

変に息が乱れて、男の手が麻のカッターシャツの胸元を這っているのに気づく。ボタンとボタンのあいだから、長い中指がくねりながら入り込んだ。

素肌を象牙色の指に忙しなく擦られる。

「なにをして——」

相手は望が男であるのもかまわずに、行為を続けた。

抗うのに逃げられない。乳首を指先で小刻みに叩《たた》かれて、粒が凝《こご》っていく。その硬さを自覚させるように、正面から指の腹で強く押された。肌に粒がめり込む。そこに根を張っている乳腺に熱が走る。

「う…や、だ」

抗議すると、押す力が消えた。

せせり出た乳首をやんわりと二本の指の先で摘まれ、転がされる。

熱が頭のなかや下腹部に飛び火していく。

丹念すぎる愛撫《あいぶ》のせいなのか。異国の現実離れした雰囲気のせいなのか。ゾクゾクする体感が止まらない。

混乱しながら望は問う。

「君は、何者なんだ…っ、どうしてこんな」

乳頭の先を丸く撫でられた。

「…タ…ファ」

耳の後ろに答えが吹きかけられる。

「ムスタファ」

それがこの男の名前なのか。

望は理性を掻《か》き集めて男の手を胸から引き剥《は》がそうとしたが、よりいっそう激しく胸をまさぐられてしまう。腫《は》れた乳首が男の指先で弾む。

掴《つか》んだ手首の肌の張り詰めた感じといい、異国の弦楽器を思わせる声質といい、相手は望よりいくらか年下のようだ。

首を捻《ね》じ曲げて睨《にら》みかけたところで、少し離れた場所から自分の名を呼ぶ声が聞こえてきた。

「あ……」

いつも電話越しに聞いている声だが、肉声が空気を震わせるのをじかに感じると、鼓動が一気に高まった。ちょうど望の心臓のうえに掌《てのひら》を載せている男には、その反応が筒抜けだったに違いない。

彼は激しく舌打ちすると、抉《えぐ》り取りたいみたいに胸の粒をガリッと引っ掻いた。男の腕が退く。

膝が震えて折れそうになる。望は鉄柱に掴まって身体を支え、振り返った。

荒廃した土地と薄紅色の小宮殿はすでに闇《やみ》のなかに沈んでいた。男の姿も見えない。

「む――望」

呼びかけられて、視線を緑豊かな夜の庭へと向ける。

草木のなかに点された外灯にやわらかく照らされた、四年ぶりに目にする慕わしい人の姿。

しかし、望は戸惑いの瞬《まばた》きを繰り返す。

純白のカンドゥーラに美しい草模様が織り出された上着《ビシュト》を重ね、長いゴドラを頭に被ったナイルスは、まるで知らない人のように見えた。

彼が民族衣装を纏っている姿を目にするのは初めてだから、そのせいなのだろうが……。

面立ち自体は以前と変わりなく、穏やかな品のいい微笑も変わりない。

「よく来てくれましたね、望」

纏った布を夜の大気にやわらかく膨らませながら、ナイルスが腕を広げて近づいてくる。その腕にごく自然に抱き込まれた。親愛の情を示す手つきで、背中を何度も優しく叩かれる。頬《ほお》に頬を擦りつけられる。

一気に学生時代に引き戻されたかのような甘い眩暈《めまい》が起こった。

身体中の血管が強く脈打ち、ついさっき男に抉られかけた乳首がズキズキと痛む。腰にはだるいような独特の感覚があった。その反応が、見知らぬ男に引き出されたものなのか、ナイルスとの再会によるものなのか、望自身も判別できなかった。

気づかれないように、そっと身体を離す。

「ナイルス、仕事が詰まってるんじゃないのか？」

「望が到着したと聞いて、少しだけ抜けてきました。遅くなりますが、あとで晩餐を一緒にしてくれますか？」

望は頷《うなず》き、小声で言う。

「お父さんの代理、大変なんだね」

「大変なばかりでもありません」

やり甲斐《がい》を感じているということだろうか。

ナイルスはベノールの第一王位継承者だ。遅かれ早かれ国の執政に携わる身だったのだから、「仕事」が性分に合っていたのなら、それに越したことはない。

ナイルスならきっと、ベノールをいいかたちで近代化させられるだろう。

「ところで望はこんな庭の端で、なにをしていたのですか?」

「え……」

思わず口ごもる。

見知らぬ男に卑猥《ひわい》なことを仕掛けられたなど、ナイルスには知られたくなかった。

「門の向こうに人影を見た気がしたんだ。ここに人が住んでるとは思えないけど」

ムスタファと名乗った彼は、もしかすると無断でここに住みついているのではないか。

そんなことを考えていると、ナイルスが呟いた。

「ファラーシャマハルには魔人《ジン》が棲《す》んでいるのです」


「ファラーシャマハル――蝶《ちょう》宮殿、か」

晩餐前のひととき、望は長旅の汚れを落とすために湯船に浸《つか》った。バスタブの縁に頭を載せて、客室専用のバスルームをぼんやりと眺める。茉莉花《まつりか》の香りを含んだ湯気が漂う空間はちょっとした個室の広さで、浴槽は床にあらかた埋没する仕様だ。湯口では金の花が三輪項垂《うなだ》れ、それぞれの花芯から湯を迸《ほとばし》らせている。

「……っ」

血の巡りがよくなったせいで、左の乳首が痛みだす。

望は眉根《まゆね》を寄せて湯船のなかを覗き込んだ。左の粒は、右側のそれよりも赤くなって腫れている。

ナイルスと再会する直前に爪《つめ》でつけられた傷は、思いのほか深かった。着ていたシャツの胸に小さな血の染みができてしまったほどだ。

すぐに執務に戻らなければならなかったナイルスに訊《き》きそびれたが、「ファラーシャマハルの魔人」というのは、幽霊譚《たん》の類《たぐ》いなのだろうか。あるいは、あのムスタファという男を指して言ったものなのか。

——ムスタファ……彼はどうしてあんなところにいた？　懐かしいって言ってたな。日本語を喋ってた。

外見もわからない野卑な男のことを考えていると、バスルームのドアがノックされた。ドアに嵌め込まれたステンドグラスにぼんやりと映る人影は、背格好からいって少女のものだ。チャードルは着ていないらしく、全体的にほっそりとしている。

「冷たい飲み物をお持ちいたしました」

掠れた小声が告げてくる。サルマーの声だ。

彼女に嫌な思いをさせないようにタオルを湯船に沈めて下腹を隠しながら「ありがと

う」と返すと、静かにドアが開いた。

湯気の向こうにサルマーの姿が現れたとき、望は危うく声を出しそうになった。慌てて顔をそむけようとし、しかし違和感を覚えて視線を戻す。

サルマーは腰のあたりのゆったりとしたアラブ風のズボンに、筒型の上衣《カフタン》を着ている。確かに着ているのだが、透ける布で作られたそれらは身体を隠す役割を果たしていなかった。

少女のものにしては平坦すぎる胸。そして、少女の下腹には決して生えていない器官。

望の視線に晒《さら》されて、サルマーは――少年は泣きそうに肌を赤らめた。

彼は跪《ひざまず》くと、飲み物の注がれたグラスと果物を載せた盆を浴槽の横の床に置いた。

「あの、香油のマッサージをいたします」

埋め込み式の浴槽であるため、望は少年を見上げるかたちになる。顔を隠す布も取られていて、面立ちをはっきりと見ることができた。

もし首から下が見えていなかったら、やはり少女と見間違えたに違いない。それほどまでに少年は愛らしかった。黒髪も長く伸ばされている。

「サルマー、君はなぜ……」

なぜ普段から女性の格好をして、こんなことをしているのか。

しかし少年は、卑猥に裸体を晒しているのが恥ずかしくてたまらないらしく、いたたまれない様子だ。一刻も早く、この場を立ち去りたいに違いない。

「マッサージは、いいから」

「……それなら、ほかになにか」

「なにもしなくていい。大丈夫だから、下がっていいよ」

少年は戸惑いながらも頷いて、小走りに浴室を出て行った。

——いまのは、どういうことなんだ？

まさか、ほかの客にもこのような接待をしているのだろうか。淫《みだ》らな格好の美少年にかしずかれたら、男色趣味のある男は性的行為に及んでしまうのではないか。客人が女だったとしても弄《もてあそ》ばれるかもしれない。

——このことをナイルスは承知してるのか？

そもそも、あの少年が望んでこの接待をしているようには見えなかった。

動揺が、次第に明確な腹立たしさへと変わっていく。

冷たい飲み物を口にして気を鎮めようと、ココナッツの甘い香りを発するゴブレットに手を伸ばす。結局、憤りに手が震えて、ゴブレットを湯船に落としてしまったのだが。

晩餐の席でナイルスにサルマーのことを問い質《ただ》したかったが、侍従たちに取り囲まれている状態では話を切り出せなかった。

「わたしはこれからもうひと仕事しなければなりません。望は疲れているでしょうから、今日はゆっくり休んでください」

食事を終えると、ナイルスはそう言ってすぐに席を立った。

サルマーのことで頭がいっぱいだったせいで、具体的な仕事内容の質問もできないまま望は客室に戻った。

望をベノールに呼び寄せる際、ナイルスは翻訳の仕事のほかにも頼みたいことがあると言っていたが、それはどのようなものなのだろうか？

日本から持ってきた仕事に手をつけようと窓辺に置かれたライティングデスクに向かったが、まったく集中できなかった。諦めて、用意された絹の夜着に着替え、天蓋《てんがい》つきベッドに横になってみる。

いまは午後十一時だから、日本は午前六時頃だ。徹夜をした状態なのに、いっこうに眠気が訪れない。キングサイズのベッドで寝返りを打ちつづける。

いっそ庭でも散歩してこようかと考えていると、ドアがノックされた。サルマーだった。

少年はふたたびチャードルに肌を包み隠していた。

「イスラム教徒でないお客様には、お酒を用意することを赦されております。お持ちいたしましょうか？」

彼の目はずっと伏せられたままだ。

「ねぇ、君は」

ベッドから下りて、望は少年の前に立った。

「どうして女性の格好をしているんだい？」

「……」

「バスルームでいつも、あんな格好での接待を強要されているの？」

「……強要では、ありません」

「でも君はつらそうに見えるよ？」

サルマーの目の縁が赤くなって濡《ぬ》れていく。

望は我に返る。少年が不当な仕事を強いられていることに対する非難の声をあげたとして、サルマーは救われるどころか、もっと状況が悪くなるのではないか。イスラム教の性的問題に対する処罰の仕方は、非イスラム教徒にとっては受け入れがたいものだ。たとえば女性が強姦されると、その女性が罰せられる。

サルマーのことは慎重に対処すべきだろう。

「すまない。騒いで、君を困らせるようなことはしないから」

望は声をやわらかくして続ける。

「俺にはああいう特別なもてなしはいっさい不要だから。いいね？」

「女の人のほうが、いいですか？」

「女の人もいらない。君が普通に世話をしてくれるだけで、充分満足だよ」

少年は驚いたように瞬きをして、なにか言いたげな目で望を見上げた。しかしなにも言わずに部屋を出て行った。

ふ、と溜め息をついて望はベッドに仰向《あおむ》けに倒れ込む。

荻窪のマンションに籠もっている日常とはあまりに懸け離れた一日だった。

ナイルスとの再会、サルマーのこと、夢のように美しい王宮とその庭……庭の彼方に棲む、ファラーシャマハルの魔人。

眠りの浅瀬を漂いながら、望は異国での一夜目をすごした。

2

ベノールに来てから四日になるが、相変わらずナイルスとは食事の席でしかまともに話すことができていない。

しかも石油関連の会議に出席するため、ナイルスはハッサンをともなって、昨日から二泊でベノールを離れていた。この様子だと彼は国王としての実質的な執務をすべてまかされているらしい。要するに、国王の容態はかなり悪いのだ。

アラビア語関係の仕事のほうはハッサン経由で望《のぞむ》に渡されたが、そう難しくない細々したものばかりだった。

もうひとつの仕事とやらの内容は、訊いても答えをはぐらかされるばかり。

ナイルスが自分をないがしろにするつもりでないことは、顔を合わせたときの表情や仕《し》種《ぐさ》から伝わってくる。しかしこれでは、なんのために招かれたのかわからない。

……少しだけ、期待している自分がいた。

もしかしたらナイルスは、ただ会いたいという想いから呼び寄せてくれたのではないのか。

——もし、そうだったら。

そうだったら、どうすればいいのだろう。

『王となる者には穢れがあってはなりません』

ハッサンの言葉が耳の奥に甦る。

その事実は、いまも昔も変わらないはずだ。

自分の想いはナイルスの迷惑にしかならない。四年をかけて塞《ふさ》がりかけていた傷を、拓《ひら》かれていくような心地だった。

サルマーの接客のことも気がかりだったが、いま王宮に滞在している客は望ひとりだ。この国の価値観やルールを把握したうえで慎重に動くべきだろう。

翻訳仕事の合間に、望は市街地に出て香辛料と熟れた果物の香りが入り混じる市場《バザール》を散策したり、コーヒーハウスに寄ったりした。アラビックコーヒーに、乾燥させた甘いナツメヤシの実はよく合う。

アラブの男といえば、コーヒーを飲みながら何時間でも政治談議に花を咲かせるものと相場が決まっている。それを漏れ聞くのを楽しみにしていたのだが、観光客の入国を禁止している国だけに、こんなふうに昼ひなかから東洋人がふらふらしていることなど滅多《めった》にないのだろう。望がコーヒーハウスに入ると、先客たちは一様に黙りこくってしまうのだった。

残念に思いながら早々に店を出て、王宮へと続く砂埃《すなぼこり》のたつ道を歩いていくと、小さな男の子が擦れ違いざまに「ファラーシャ！」と声をかけてきた。

——蝶？

思わず立ち止まって振り返ると、少年も肩越しにこちらを見ていた。黒目がちな目でじぃっと望を見つめている。声をかけようとするとしかし、少年は照れたみたいに顔をくしゃっとして走り去ってしまった。

「蝶が、どうしたんだ」

ファラーシャマハルといい、この国で蝶はなにか特別な存在なのだろうか？

王宮に戻った望は夜までデスクに向かい、夕食は香辛料のよく効いた鶏料理に舌鼓《したつづみ》を打った。

夜になると、サルマーが寝酒を運んできてくれる。それを口にしてからベッドに横たわった。

しかしアルコールは、昨日やおとといのように眠りを運んできてくれなかった。

眠気は確かに感じているのだが、それ以上に肌の内側がとろりと熟《う》む感覚に苛《さいな》まれていた。寝酒に載せられていた薔薇の花びらが、体内で芳香を強めていくようだった。

青い絹の夜着が肌に触れている感触すら、むずむずとした体感を高める。

「ん、ぅ」

袖幅《そではば》が広い着物に似た作りの夜着の上衣の胸元が、寝返りを打つほどに乱れていく。ナイトテーブルに置かれたランプのゆるい光に、露《あら》わになった胸元が照らし出される。その胸へと、望は潤むまなざしを落とす。

左の胸でぷつんと勃《た》ち上がった粒が、肌に影を落としている。それへと、指先を寄せる。もう痛みはないが、粒のつけ根はかさぶたで硬くなっている。そこがひどく痒《かゆ》くて爪を立ててしまう。かさぶたの端が少しめくれる。爪を捻じ込むようにして剥がす。

痛みにビクッと身体が跳ねる。かさぶたの下の、まだ完全に再生されていなかった皮膚から血の粒が盛り上がる。

……痛みと視覚に、劣情が昂ぶる。その昂ぶりが、下腹の器官を露骨に凝《こご》らせた。

酒を飲んだだけでここまで過敏になるのは初めてだった。

異国の花と樹液の香りを練り込まれた熱い大気が、身体におかしな作用を起こさせるのか。それとも、飲食したものに日本人には免疫がないなにかが含まれていたのだろうか。

下着の前を突いている器官が苦しくて、ゆったりしたズボン型の下衣のウエストに指先をくぐらせたときだった。

ドアノブが音をたてた。続いて、蝶番《ちょうつがい》が長く細く鳴いた。

望は息を呑《の》み、身を強張《こわば》らせる。凝視する先に、チャードルを纏ったサルマーが現れる。

彼は目を伏せたままベッドの横へと歩み寄った。夜着の乱れを直して上半身を起こしかけた望の視界で、ばさりと黒いチャードルが床に落ちた。

望は咄嗟《とっさ》に顔をそむけて、少年の裸体を見ないようにした。

「こういうサービスは必要ないと言ったはずだよ」

「でも、必要でしょう?」

サルマーは、望の身体に異変が起こったことを知っているのだ。

――どうしてだ? まさか……。

「寝酒に、なにか入れたのか?」

少年は答えない。ただ、月に作られた影が、望へと深くかかってくる。

華奢《きゃしゃ》なペニスが視界に入る。

「――っ」

同性に欲望を覚える体質ではあるものの、これまで未成熟な肉体の少年に性欲を感じたことはなかった。それなのにいま、すさまじい欲求に苛まれていた。自分の性器が一気に張り詰めるのがわかった。

大学四年のとき、ナイルスと思いを遂げられないつらさを埋めたくて、何人かの男と寝た。しかし気持ちは虚《むな》しくなるばかりで、あれ以降、セックスから遠ざかっていた。

それでもさほど不自由を感じなかったのは、もともとあまり性欲が強い体質ではないせいなのだろう。そのはずなのに、望の手はいまにもサルマーの細い腰を鷲掴《わしづか》みにしてベッドに捻じ伏せようとしていた。

――いけない……絶対にダメだっ。

望は熱っぽい手で少年を押し退《の》けると、天蓋の支柱に掴まってベッドを下りた。足の裏の感覚がぼんやりしていて、綿のうえを歩いているみたいだ。その綿を踏みしだくようにして、ドアへと向かう。腕に絡みついてくる少年の手を弾《はじ》き、廊下へと飛び出す。

さすがに全裸では追ってこられないらしい。

サルマーからというより、自分の欲望から逃げたかった。

廊下に点々と灯《とも》された壁かけランプの明かりを頼りに、自分の脚に蹴《け》つまずきながら歩く。階段を下りて回廊を抜け、庭へと出た。夜の花の香りに噎《む》せつつ、裸足《はだし》で地面を踏んでいく。

気がついたときには、高い塀に沿って歩いていた。右手で伝っていた塀が途切れて、黒い鉄柱を握り締める。

重い瞬きで視線を横に向ける。

牢獄の檻《おり》に封じられた薄紅色の小宮殿は、蒼《あお》い月光に照らされて紫色に沈んでいた。その尖塔群が指差す空は紫紺に染め抜かれ、灰色の雲がところどころに流れている。星は強い光を放つものから、うっすらと存在が知れるものまで数えきれない。月は半分だけ、その面を晒していた。

荒廃した小宮殿は夜闇のなかで息を吹き返しているように見えた。

もしも、この門が開いたら、自分はあそこに吸い込まれていくことだろう。

いつしか望は鉄柱を両手で掴み、巨大な鉄の門を揺らしていた。錆びた重い音がギッ…ギッ…となまめかしいリズムで鳴る。

鉄柱を握っている掌は汗ばみ、熱を持っていた。

額《ひたい》をひんやりした鉄柱に押しつけて身体を揺らしていると、性交しているような錯覚に陥る。瞼を閉じ、眉根を寄せ、薄く唇を開く。

身体の芯でとぐろを巻く欲を、どうすればいいのだろう。

鉄柱が下腹に触れた……そのまま、腰を門へと押しつけてしまう。

「ぁ…ぁ…」

甘い声が漏れる。

——なにをしてるんだ。やめないと、やめないと。

額を鉄柱に擦りつけて深く俯《うつむ》けば、欲情に腫れた唇から唾液《だえき》が滴《したた》り落ちる。しかし、その体液が地面に辿り着くことはなかった。それは門の向こうからふいに現れた掌に受け止められた。

驚いて顔を上げると、喉《のど》を掴まれた。鉄柱がきつく頬に当たる。

湿ったやわらかいものが、口の表面を這っていた。下唇の唾液を舐《な》め啜《すす》られる音と感触。望は呆然《ぼうぜん》としたまま瞬きを繰り返す。黒く煌《きらめ》く眸が視界を埋めていた。

「ン…」

唇を、力強い唇で揉みしだかれる。開きかけた唇の狭間をちろちろと舐められ、慌てて口を閉ざす。上下の唇で、相手の舌先を挟んでしまっていた。

門がガシャンと音をたてる。

鉄柱のあいだから伸ばされた腕に、きつく腰を抱かれていた。

上体を反らして、ようやっと唇の重なりを外す。

わずかに距離ができて、望は月明かりに照らされる相手の容貌《ようぼう》をまともに目にする。

背の高い青年だ。年は二十代の頭か。象牙色の肌が緩みのない輪郭《りんかく》をいっそう引き締めている。鼻筋は高く通り、膨らみの強い唇が顎《あご》に大きく影を落とす。眉には気性のきつさを窺わせる強い山があった。

しかしなにより印象的なのは、その眸だった。

中東の人間特有のごろりとした眼球の丸みはない。彼の目は切れ長で、そのせいで顔全体として見ると少し冷たげな印象に整っていた。

頭にはゴドラを被っておらず、裾《すそ》のほうにわずかなうねりのある長い黒髪は右肩へと流されて紐《ひも》で括《くく》られている。

黒いカンドゥーラのラインから、その下の肉体の逞しさとしなやかさが窺われた。

アラビア語で問う。

「君は、このあいだの――ムスタファ？」

「日本語を喋れ。日本語が聞きたい」

妙に熱の籠もった調子でそう言われて、日本語で尋ねなおすと、青年は満足げに目を細めて頷いた。

初めのときは胸を傷つけられ、今度は不意打ちで唇を奪われた。檻に入れられていてすら手癖の悪い猛獣のようだ。

――ファラーシャマハルの魔人…。

こうして間近にいるだけで、いまにも害を及ぼされそうな危機感に背筋がゾクゾクする。

「腰の手を外せ」

「外したいなら、自分で外せばいい」

「…く」

鉄柱をぐっと押して門から身を離そうと試みるが、いっそう強く腰を抱き締められた。

鉄柱に押し潰されて、下腹の茎が激しく痛む。腰を横にずらすと、今度は青年の太腿《ふともも》のつけ根に性器が突き刺さってしまう。誤魔化《ごまか》しようがないほど、それは屹立《きつりつ》していた。

「俺に触られたくて、ここに来たんだな」

「ちが……」

「それなら、どうして来た？　こんな恥ずかしい身体で」

「……」

もしかすると。

自分の身体は胸を弄られたときのことを覚えていて、それで無意識のうちに淫らな期待をして、ここに向かったのではなかったか？

——だとしたら、最悪だ。

サルマーになにか盛られたにしても、ナイルス以外の特定の誰かを求めてしまったのだ。

望は大学四年のときに何人かのゆきずりの男と関係を持ったが、同じ相手と二度目の関係を持つことはなかった。特定の誰かを作らないことで、せめてもナイルスに対して操立《みさお》てをしたかったのかもしれない。

実際のところは、操立てをするような関係性ではなかったのだが……。

「あ…っ」

腰を荒々しく撫でまわされる。臀部《でんぶ》を鷲掴みにされて、過敏になっている身体が跳ねる。そのまま、肉の薄いそこを掌で大きく捏《こ》ねられる。夜着のなかで下着の布が引き攣《つ》れ、会陰部《えいんぶ》をまどろこしく締めつける。

望は手をどかそうと、背後に腕をまわして青年の手首を掴んだ。

その抵抗を罰するように、左右の双丘をきつく開かれた。狭間の底にひそむ粘膜の口が痛いほどいがめられ、それだけでひどく辱《はずかし》められている心地になり……青年の脚に潰されている性器の先端から蜜《みつ》がとくりと溢れた。

それを察したのか、ムスタファが小刻みに脚を揺らしだす。

「うう」

充血した茎が際限なく張り詰めていく。まるで粗相をしているみたいに、下着が濡れそぼっていく。快楽に、頭の隅が白く焼け爛《ただ》れていく。このままでは流されてしまう。

腰を振って逃げようとすると、片腕を腰にぐるりとまわされ、檻に身体を密着させられた。そうしておいて、青年は望の夜着の腰紐をほどいた。自然と前が開けて、胸が露わになる。

「俺のつけた傷がまだある」

かさぶたを剥がした乳首のつけ根には、滲み出た血が凝固していた。

硬く尖《とが》った粒を指の腹で擦られる。

「や…」

「嫌は嘘だ。本気で嫌がってない。悦《よろこ》んでる」

彼の日本語はなめらかだが、どこか子供っぽい。その調子のまま。

「日本人のペニスを見たい」

卑猥と好奇の入り混じった表情を、ムスタファは浮かべていた。

「っ、ふざけるな——離せ！」

今度こそ本気で逃れようとしたのだが、媚薬《びやく》のまわった身体をムスタファに高められてしまったせいで、歯痒いほど力が入らない。

胸からみぞおちへと、肌の感触を確かめるように手が下りていく。

下衣のウエストを掴まれ、引き下ろされた。白いボクサータイプの下着が露わになる。

「びしょびしょ」

濡れた下着が張りつく茎のかたちを指でなぞられる。

「布が破れそうになってる」

「っ、下着を、下ろすな」

鉄柱のあいだから向こう側へと突き出たペニスが、みっともなく宙で揺れた。それを眺めてムスタファが言う。

「赤くて可愛い」

確かに色合いは粘膜じみているが、体格からすれば大きさは標準的なはずだ。可愛いと評されて、いささかプライドが傷つく。だが、プライドなどに拘《こだわ》っていられたのは、ほんの数秒だった。

ムスタファが地に両膝をつく。

「な…に」

たっぷりした肉質の唇が自分の亀頭《きとう》へとくっつくのを望は見る。

ムスタファはまるで果実の汁を啜り飲むように、そこを吸った。透明な蜜を茎の中枢から吸い出されていく。小刻みな吸引に腰がビクつく。

「ひ、ぅう――あ、嫌……だ、咥《くわ》えるな……やめ…」

青年の唇から、陰茎の根元がいくらか覗いている。それより先は熱くぬめる粘膜に沈んでいた。しゃぶられ、表面を舌で味わわれ、くちゅくちゅと甘嚙《あまが》みされる。

片手で臀部を押さえられているから腰を引くこともできない。

門の境界を抜けた身体の一部を、引っ張ったり潰したりしながら深い口に出し挿《い》れされる。一往復するたびに眩暈が起こる。青年の顔を退ける余裕もなく、望は鉄柱に縋《すが》った。

「ぁ、あ…ふ」

腰がどうしても蠢《うごめ》いてしまう。もっと淫らにしてほしくて、肌を鉄柱にめり込ませる。

相手は応えてくれた。

ゆきずりの男たちに同じ行為をされたことはあったが、比べものにならないほど気持ちがいい。全身が蕩《とろ》けていく。

「もう…もう、出る」

注意を促《うなが》したのに、ムスタファはつけ根まで口に含み、まるで茎を呑み込むみたいに喉を締めた。ぎゅうっと先端を潰される感覚に、腰がガクガクする。身体の芯に力を籠めて堪《こら》えようとしたが、ほんの数秒持ちこたえられただけだった。

「っ、あぁぁぁっ」

濃すぎる体液が茎の中枢を突き抜け……青年の口のなかへとビューッと溢れた。あり得ないほどの勢いと量だった。

ムスタファが性器を咥えたまま、精液を飲み込んでいく。嚥下《えんか》の蠢きにすら、頭がくらくらするほどの快楽を覚える。

膝の関節が頼りなく震えているのに、腰を掴み支えられているせいでしゃがみ込むこともできない。

ようやっと青年の顔が下腹から離れた。

「ノゾム」

立ち上がった彼の唇には、白濁が付着していた。

望は証拠を隠滅したい一心で、震える手を伸ばし、青年の口許を掌で擦った。弾力のある唇の感触が肌に焼きつく。

ムスタファが檻の向こうから伸ばした両腕で、抱きついてくる。

抱きつかれたまま、望は夜の小宮殿をぼんやりと見上げる。

麝香と冷涼な花の匂いが混ざった芳香に包まれて、まるで夜の幻のような異国の青年に抱擁されている。身体がふわりと浮き上がりそうな不思議な感覚に、望は重たい瞼を閉ざした……。

3

寝酒に混ぜられたらしい媚薬は、かなり強力なものだったのだろう。昨夜、朦朧《もうろう》となりながらもなんとか自室に戻ってベッドに倒れ込むと、とたんに意識が飛んだ。

目を覚ましたのは昼近くで、ひどい頭痛に見舞われていた。そんな望《のぞむ》の世話をしてくれたのは、サルマーではない侍女だった。

――サルマーはどういうつもりで、あんなことを…。

特別なサービスは不要だと伝えてあったから、接待とも違うように思う。そもそも薬を盛ってまで接待するのは奇妙だ。

――俺と関係を持つように、誰かに強いられた？

しかしそんなことをして、誰になんのメリットがあるのかわからない。考えを繰っているうちにうたた寝してしまったらしい。

髪を優しく撫でられる感触で目が覚めた。

「……」

「望、具合はどうですか？」

しばし呆《ほう》けたように、ベッドの縁に腰掛けている相手を見つめる。そのあいだも髪を撫でられつづける。

「無理に来てもらったのに、ずっと放っておいて悪いことをしました」

ナイルスの上着《ビシュト》には金糸で細やかな草紋様の刺繍《ししゅう》がほどこされており、それが窓から差し込む真昼の陽光に神々しいまでに煌いている。

胸に喜びが満ちる。

しかし同時に、違和感を強く感じてもいた。

大学生のころからナイルスは礼儀正しく落ち着いた人だったが、いまはこうして近くにいても厳然とした近寄りがたさが漂う。

——四年前には、やっぱり戻れないか。

考えてみれば、当たり前だ。

たまたま学生という互いの背景が関係ないときに出会ったから、あれだけ親しくなれたのであって、本来はまったく違う世界の住人なのだ。

改めてナイルスが遠い人になってしまったのが実感されて、切なくなる。望は髪を撫でる手から逃れるように上体を起こした。

俯いて、あまり顔を見られないようにする。

自分がいまだに未練を抱えているのを知られたくなかった。それに、自分はナイルスに顔向けできないことをしてしまったのだ。

思い出してはいけないと思うのに、ムスタファと名乗った青年とのなまなましい感触が身体のあちこちから滲み出てくる。たぶん、顔が赤くなってしまっているのだろう。

「熱があるのですか?」

額に当てられる手をそっと押し返す。

「大したことはないよ。それより、ナイルスに話したいことがあるんだ」

サルマーのことを相談したかった。視線を尖らせて言葉を続けようとすると、ナイルスの手が右の頬を包んできた。

優しい眼差しで見つめられ、頬を撫でられる。

「…………」

封じてきた想いが、胸の奥底から溢れ出していた。心臓が壊れたみたいに高鳴り、喉元の脈が皮膚を揺るがす。

見つめ合っているだけで、四年の歳月が埋められていくようだった。

望は震える溜め息をついて、ナイルスの手から頬を離した。これ以上、触れられていたら、もっと先のことを望んでしまう。

もしかすると自分は、キスやそれ以上のことを期待してベノールに来たのかもしれない。でも、それはナイルスを穢す行為なのだ。

――イスラム教国の国王になるナイルスに、瑕をつけたくない。

その想いは、昔もいまも変わらない。

溢れ出そうになる想いを留めて、ふたたびサルマーの話を切り出そうと口を開きかけたところで、ナイルスがそっと手を握ってきた。

「望はわたしの特別な客人です。よけいなことは考えないでよく休んでください」

「え…」

望の言葉を封じて、スッと手が離れる。

「仕事を抜けてきたので、もう行きます」

ナイルスが出て行った扉をぼんやりと見つめる。

――サルマーのことを話せなかった……。

優しく気遣ってもらえたのに、ひんやりとしたものが胸に残っていた。


ナイルスが部屋を訪ねてきてくれた翌日。望は昼食の席で、体調が回復したのでもうひとつの仕事を始めたいと申し出た。するとナイルスはあとでハッサンから説明させようと約束してくれた。

時計が三時をまわったころ、ハッサンが客室に訪れた。もうひとつの仕事をする場所に案内してくれるという。望は彼に連れられて部屋をあとにした。

「ナイルスはずっと、こんなふうに忙しいんですか？」

「ええ。特にいまは宗教政策の見直しにとりかかっていますので、寝る間もないような状態です」

「王政だと、そういうのもひとりで決めることになるんですか」

「イスラム法学者《ウラマー》たちの見解は聞きますが、最終的にはナイルス様がお決めになります」

「……どれだけの重責なのか、想像もつかない」

「ナイルス様は責任感の強いお方ですから、すべてをやり遂げるでしょう」

――だからよけいに心配なんだ……でも、そうか。ナイルスはこの国を変えようとしているんだな。

　ベノールに来てまだ日は浅いが、この国の宗教規律はかなり厳しいように感じられていた。街中で女性の姿を見かけることはほとんどなく、目にするときも炎暑のなか黒いチャードルで全身を覆いつくし、なにかに追い立てられるかのように足早に歩いている。同性との立ち話すら赦されていないらしい。

　表面的に目につく部分だけでこうなのだから、水面下では厳格な戒律が張り巡らされているに違いなかった。

　宗教というのはひとつの頑強な世界観で、それは部外者がおいそれと口を出せるものではない。よしんば口を出したところで、価値観の根本が違うのだから意味をなさないことがほとんどだ。

それでも、日本という極めて自由度の高い国で生まれ育った望は考え込んでしまう。イスラム教はよく「砂漠の宗教」と称される。生きるのに過酷な環境だからこそ厳しい戒律が必要とされ、目には目を歯には歯を、といった直截的な刑罰が下されてきた。

このベノールも確かに砂漠の国だ。しかし、砂の下には石油や鉱脈といった財産を孕み、それによって潤っている。

それならば、現状に合うように生活の掟《おきて》を変えていくのが順当だ。

ナイルスもそんなふうに考えて、宗教政策を見直そうと力を尽くしているに違いない。

この国はきっとナイルスによって、誰にとっても住みやすいように整えられていくのだろう。

そう考えると胸が躍った。昨日はよけいなことは考えないようにと言われて距離を置かれたような寂しさを覚えたけれども、ナイルスは抱えている仕事で手いっぱいなのだ。

微力ながらも彼の手伝いをして、支えたい。

——俺にできることは、必要とされてる仕事をしっかりこなすことだ。

気持ちを引き締めながら、望はハッサンに従って庭を歩いていく。

ダマスクローズが咲く一角を通りすぎたあたりで、湾曲した道に見覚えがあることに気づく。

この道をまっすぐ行くと、イチジクの林に入る。それを抜ければ、高い壁がある。その壁の向こうにはファラーシャマハルが封じられている。

まさかと思ったが、ハッサンは速い足取りで荒廃した小宮殿のほうへと向かっていった。

牢屋の鉄格子めいた門。それを封じる錠に鍵が嵌め込まれる。

「……あの、俺の仕事というのは、ここで？」

「こちらに毎日、通っていただきます。このなかで見聞きしたことは、ナイルス様とわたし以外の者には決して口外してはなりません。それを破られた暁には、アッラーより神罰が下ることでしょう」

そう脅してから、ハッサンは望を門の内側へと招いた。

だが、望は門の境界のところで立ち止まる。

「どうしました？」

「ここには――魔人《ジン》が棲んでいると」

ムスタファと名乗った青年。

媚薬のせいとはいえ、自分はみずからここに足を運び、彼と淫らなことをしてしまった。ナイルス以外の特定の誰かを求めてしまったのだ。

できれば二度と彼に会いたくない。

あと退《ずさ》ると、ハッサンに腕を掴まれた。無理やり荒廃した土地へと引きずり込まれる。

「あなたは、その魔人のために呼ばれたのです」

有無をいわさぬ力で望の腕を掴んだまま、ハッサンが歩きだす。

踏む砂の下にモザイクタイルがおぼろに見えて、門から小宮殿の入り口まで道が造られていることを知る。

正面の階段を上り、アーチ型の両開き扉から屋内に入る。

現れた天井の高い円柱型のホールは、外壁と同様に薄紅色の大理石で組まれていた。

左右の壁は一ヶ所ずつチェスの歩兵型に刳《く》り貫《ぬ》かれており、それぞれが次の間へと続いている。

ホール中央から生えた階段は奥の壁へと伸び、踊り場でV字に分岐して二階の回廊へと通じる。階段の上り口の両脇《りょうわき》に置かれた台は花瓶置き場なのだろう。かつてそこには花々が溢れんばかりに飾られ、華やかな色彩と芳香で空間を彩っていたに違いない。

望は階段を上らされ、右側の分岐へと連れていかれた。

二階の一番目の部屋。床には年代者の織物が敷かれ、ビロードに包まれた寝椅子《ねいす》がいくつも置かれていた。床にも椅子のうえにも筒状、円形、四角とさまざまなかたちと大きさのクッションが積んである。

そこから廊下に抜ける。廊下に並ぶ窓には細かな幾何学模様のアイアン細工が嵌め込まれていた。

窓から見下ろすと中庭が見えた。水浴びができそうなほど大きな噴水がある。

王宮のどっしりとした造りも見事だったが、ファラーシャマハルの匂いたつような華麗さは千一夜の物語に迷い込んだような酩酊《めいてい》感を望に与えた。

二階奥の部屋の前に辿り着く。

その黒檀《こくたん》造りの扉には貝象嵌《ぞうがん》で、翅を開いた一匹の蝶が描かれていた。

ハッサンが丁重な手つきで扉をノックして母国語で告げる。

「新しい伽人《とぎびと》を連れてまいりました」

望は耳を疑う。

——伽人？

なかから「あー」とぞんざいな応《いら》えがある。

「失礼いたします」

ハッサンが扉を開く。

壁にいくつものタペストリーが飾られた豪奢《ごうしゃ》な部屋。

そこには天蓋つきのベッドが置かれていて、ひとりの青年が甘い香りの水煙草《たばこ》を吸いながら横たわっていた。その半眼の退屈そうな表情はしかし、望を認めたとたん払拭《ふっしょく》された。

切れ長な目に黒い煌きが生まれる。

望のほうは、身体中の神経が強張ったみたいに動けなくなっていた。

ハッサンが耳打ちしてくる。

「ムスタファ・ベノール王子は、国王の第四王子にして、ベノールの第二王位継承権をお持ちの方です。先月、二十二歳になられました」

――第四王子って……ナイルスの弟なのか？

「ムスタファ様はたいへん日本に興味を持たれておりますので、お話し相手になってさしあげてください」

自分はそれと知らずにナイルスの弟と性的なことをしてしまったわけだ。しかも、その彼が仕事の相手なのだという。

焦りと戸惑いが嵩《かさ》んでいく。

しかしハッサンにムスタファとの過《あやま》ちを気取られてはいけない。

「フルサ・サイーダ」

あたかも初対面のように、アラビア語ではじめましてと挨拶《あいさつ》する。

「アナー・イスミー・ノゾムハニュウ」

ハッサンが望が日本人で翻訳家であること、そしてナイルスの大学時代の友人であることを付け加える。

ナイルスの友人だという部分で、ムスタファが露骨に嫌悪の表情を浮かべた。どうやら

兄弟仲はかなり悪いらしい。

「それではノゾム様、今日は顔合わせということで、一時間ほどでお迎えに上がりますので」

「えっ」

止める間もなく、ハッサンは部屋から出て行ってしまった。

困惑に立ち竦《すく》んでいると、ムスタファがだるそうに上体を起こした。

「ノゾム」

甘い香りの煙のなかから、彼が日本語で命じる。

「こっちに来い」

窓から差し込む陽射しで、部屋は明るい。

月明かりのなかで見たムスタファは夜の幻めいていたけれども、こうして陽光のなかで見てみると、獰猛《どうもう》な若い獣といった風情だ。王族より盗賊だといわれたほうがしっくりきそうだ。

「ノゾム、来いと言ってる」

青年が鼻の頭に皺を寄せる。

――まずいことになったな……。

顔を強張らせたまま、望はムスタファに近づいた。続いて「ここに座れ」と命じられて、ベッドの縁へと腰を下ろす。

「名前の漢字、教えろ」

右手を乱暴に差し出しながらムスタファが言う。

掌に文字を書けということらしい。

望はおそるおそる、人差し指を掌に置いた。ゆっくりと温かな皮膚を擦っていく。

ムスタファは「羽」と「生」はわかったようだが、「望」は知らない漢字だったらしい。

「……あの、紙とペンを貸してもらえますか」

「ない」

「え？」

「ペンはない」

この部屋にはないということだろうか。

仕方ないのでわかりやすいように、文字を分解して教えることにした。パーツごとにムスタファの掌に書いていく。

「亡くなる、月の、王で、望」

「望——意味は？」

「意味は、希望が近いです。アラビア語だと、モナー」

「……希望《モナー》」

新しい知識を飲み込む神妙な顔つきをムスタファはしていた。

その様子を見ていたら、高校生のころにバイトで小学生に英語を教えたことを思い出した。

ムスタファと不埒《ふらち》なことをしてしまった気まずさはあるものの、少し気持ちがほぐれた。

「……望は、本当にナイルスの友人なのか」

「はい。いまも仕事でとてもお世話になっています」

そう答えると、ムスタファは不機嫌になった。

「ナイルスはよくない」

より的確に伝えたいのか、母国語に切り替えて続ける。

「ナイルスは魔人に憑《つ》かれてる。滅ぼされたくなかったら、兄とは関わるな」

「魔人って…」

兄弟で互いを魔人呼ばわりするのが、ちょっとおかしかった。

「ナイルスは真面目《まじめ》で志の高い人です。いまも国を変えていこうと頑張ってる」

「国を悪いほうに向かわせてるだけだ」

「いろんなことはすぐには変わらないでしょうが、家族が信じないと」

ほとんど侮蔑《ぶべつ》にも似た表情をムスタファが浮かべた。

「信じる?」

彼は煙管《きせる》の吸い口を掴み、ひとしきり呑んだ。水煙草用の煙管は緑青色のガラス瓶に尖塔のような金の装置が接続され、そこから吸い口に繋がる長い管がついている。甘ったるい煙があたりに拡散する。

しばし無言で煙草を呑んでから、ムスタファは鋭い目つきで望を睨んだ。

「四年も自分を幽閉してるヤツを、どうやって信じろというんだ」

「幽閉？」

「お前の目は節穴か？　あの門がどうして外側から施錠されてると思う？」

「……」

しかし、ナイルスが弟を幽閉するような非人道的なことをするとは、とても思えない。この青年がよほどの罪を犯したとか、なにか相応の理由があるはずだ。

眉間《みけん》に皺を刻んで考えていると、ふいに肩を掴まれた。咄嗟にビクッとして身体を引こうとすると、逆に腰を抱かれる。

「邪魔なものは容赦なく排斥《はいせき》する。友人すら、こうして人身御供《ひとみごくう》にする。兄はそういう人間だ」

「っ、ナイルスはそんな人ではありません！」

当たり前のように唇に唇を寄せられて、望はきつく顔をそむける。

「おとといの夜、お前はとても気持ちよさそうだった。あれをまたしてやろうか」

「やめて、くださいい。あれは、少しおかしくなってただけです」

麝香と涼やかな花の香りが混ざった匂いが鼻腔《びこう》に忍び込んでくる。

なまなましい快楽の記憶が甦りそうになる。それをナイルスを想うことで懸命に封じていく。

ムスタファが愉《たの》しげに喉を鳴らした。

耳許で囁《ささや》かれる。

「せいぜい、ゆっくりと俺を愉しませるといい。俺を飽きさせた者は、生きてベノールから出られないらしいからな」


寝酒を飲んでもうまく寝つけない。

今日の午後、ファラーシャマハルに初めて足を踏み込んで、ムスタファと接した。そのことで頭が混乱しつづけていた。

ベノール国第四王子ムスタファは、自身の話によるともう四年もあの小宮殿に幽閉されているのだという。

四年前といえば、クーデターがあったころだ。

ベノールはもともと観光客を受け入れていない国だが、クーデターが治まるまでの半年間はビジネスマンも含めていっさいの外国人の入国を拒んだらしい。

よって、当時のベノールの詳細な情勢が国外に漏れることはなかった。

ムスタファとふたりきりにされてから一時間後、迎えにきたハッサンに第四王子がどういう理由で幽閉されているのかを尋ねたが、よけいなことは知らなくていいと言われた。

ナイルスは晩餐の席にも現れないほど多忙で、話す機会を持てなかった。

『俺を飽きさせた者は、生きてベノールから出られないらしいからな』

千一夜物語《アラビアンナイト》では女性不信の王様が一夜をともにした女を明け方に殺しつづけたが、それに自分をなぞらえているのだろうか。

子供っぽい脅しにすぎないと思うのに、青年のくるおしく煌く眸を思い出すと、不安が押し寄せてくる。

とりあえずムスタファはどういうわけか日本語を喋れるし、日本という国に強い拘りを持っているようだから、そちらに興味を向けていけば人間関係を作れるのではないか。

ひとつの目処をつけると、今度はほかの不安が浮上してくる。

ムスタファは同性間の性行為に積極的で、まったく躊躇《ちゅうちょ》がない。そんな相手となりゆきとはいえ関係を持ってしまったのだ。この先、二度とあのようなことが起こらないようにしなければならない。

明日もファラーシャマハルに行くのかと思うと、気が重かった。

——でも……ナイルスの手助けをしたい。ムスタファはナイルスのことを誤解してる。幽閉されてるのは、そういう誤解から来る行き違いのせいなのかもしれない。

望はひとりっ子であるため、兄弟の関係については想像のつかない部分も大きい。しかし、このままでいいとは思えなかった。

——もし俺がムスタファの気持ちをほぐすことができたら、和解もあり得るかもしれない。

そう考えると、それこそがナイルスが自分に頼みたかったことなのではないかと思えてきた。

だとしたら、無理をしてでも期待に応えたい。

気持ちが定まっていく。

眠気を待ちながら閉じた瞼の裏に、ナイルスの姿とムスタファの姿が交互に浮かび上がる。ベノール国第一王子と第四王子。あまり似ていないのは、おそらく母親が違うせいだろう。一夫多妻制の国ではよくあることだ。

——でも、第四王子のムスタファが第二王位継承者ってことは、第二王子と第三王子はどうしたんだろう?

四年前のクーデターというのは、もしかすると、そのふたり絡みのものだったのだろうか?

ムスタファの怨嗟《えんさ》の籠もった声が耳の奥に甦る。

『邪魔なものは容赦なく排斥する。友人すら、こうして人身御供にする。兄はそういう人間だ』

4

「これらは持ち込むことができません」

客室に迎えにきたハッサンが、望《のぞむ》が用意しておいたノートパソコンとペンケースを示す。

そのノートパソコンには、午前中に王宮の客室についているインターネット回線に繋いでダウンロードした日本の名所の写真などが保存してあった。

「どうしてですか。ムスタファが興味を持てそうなものを用意したのに」

「規則には従っていただきます」

「ノートパソコンと筆記用具がダメって、どういう理由での規則ですか」

「それは、あなたが知る必要のないことです」

ハッサンが譲る気配はまったくない。

仕方なく用意したものを部屋に置いて、身ひとつでファラーシャマハルへと向かった。

望を例の鉄格子のような門のなかへと入れると、ハッサンはすぐに外側から錠をかけた。

「晩餐の前にお迎えに上がります」

「……」

なんだか、猛獣と一緒の檻に閉じ込められた気分だ。

しかしナイルスとムスタファの橋渡しをすると決めた以上、怯《ひる》んではいられない。

薄紅色の小宮殿の正面玄関へと向かい、重い扉を開ける——なかに滑り込んだ望は、思わず声をあげそうになった。三人の男に恭《うやうや》しく頭を下げて出迎えられたのだ。

もっとも年配の、老齢の男が一歩前に出る。

「ムスタファ王子の侍従を務めさせていただいている、アブドゥラと申します」

続いて、四十代と十代半ばといった外見の男たちを順繰りに示す。

「こちらは主に厨房《ちゅうぼう》の仕事をいたしております、ハメット。そして、下働きのラシッドです。なにかご用がありましたら、わたくしどもにお命じください」

——ムスタファのほかにも、人がいたのか。

驚きつつも、よく考えてみれば小ぶりとはいえ、これだけの宮殿なのだ。むしろ三人でも人手が足りないほどだろう。前庭は荒れ放題だが、ファラーシャマハルの内部は塵《ちり》もなく清潔に保たれている。

それに、あの第四王子が身のまわりのことを自分でするとはとうてい思えない。この三人によってムスタファの生活は整えられているのだ。

——そうか。ひとりで閉じ込められてるわけじゃなかったんだな。

改めて安堵《あんど》を覚え、望は笑顔で挨拶を返す。

「日本から来た、羽生《はにゅう》望です。第四王子のお話し相手を務めさせていただくことになりました。よろしくお願いします」

ムスタファは、昨日と同じく扉に蝶の貝象嵌が嵌められた部屋にいた。

部屋に入ったとたん、望は甘い濃密な香りに噎せた。

ベッドにだらしなく横たわった王子の口には、煙管が咥えられている。水煙草は一度に一時間ほども楽しめるらしいが、この空気の汚れ具合からすると換気もせずに何時間も吸いつづけていたのだろう。

望は咳《せき》をしながら、窓の留め具を外した。窓を開け放つと、陽と砂の匂いのするさらりとした風が吹き込んでくる。風通りをよくするために部屋の扉も開けたままにしておく。

そうしてベッドに歩み寄ると、望はムスタファの口からパイプを抜き、ベッドのうえに置かれている水煙管を持ち上げた。その上部の金具部分に載せられている煙草を燻《いぶ》す石炭の欠片《かけら》を、床に置かれている壺《つぼ》のなかへと捨てる。

「なにをする」

不機嫌極まりない表情で、ムスタファが抗議する。

「ヘビースモーカーは国際基準で流行《はや》りません」

「閉じ込められてる俺に、国際基準なんて関係あるか」

「王子が態度を改められれば、ナイルスもここから出してくれるはずです」

「あいつにそんなまともな感覚はない」

「俺は人の言葉より、自分が肌で感じたものを信じます」

「……。せいぜい自分の感覚の悪さを後悔するんだな」

そう投げ捨てるように言ってから、ムスタファは円柱型の長い枕《まくら》に頭を載せたまま、見くだす角度で望を眺める。唇に嫌な笑みが浮かぶ。

「で、今日はなにをして俺を愉しませてくれるんだ？　手ぶらで来たってことは、その身体を使うのか？」

隙《すき》を見せたら、喰《く》い散らかされそうだ。

望は気持ちを落ち着けて説明する。

「ノートパソコンに落とした日本の写真を見せたかったんですが、ハッサンにパソコンの持ち込みを禁じられました。明日来るときには、写真をアウトプットしておきます」

明日の話など訊いていないと噛みつかれるかと思いつつ口にしたのだが、予想に反して、ムスタファは後ろ手をついて上体を起こした。

「日本の写真？　アサクサもあるのか？」

「アサクサ？」

「大きい門があった。赤い大きいランプが吊るされてる」

「ああ、雷門《かみなりもん》ですか」

「そう、カミナリモンだ。ハナヤシキもいい」

このアラビアンナイトさながらの空間で異国の王子が口にするには不似合いな言葉が続く。

「――明日来るときに、雷門と花やしきの写真も用意しておきます」

不遜《ふそん》な感じに頷きながら、ムスタファがここに座れとベッドを叩く。

望は彼と少し距離を置いてベッドに腰を下ろした。

「どうして、そんなに浅草《あさくさ》に興味があるんですか?」

「昔、行ったことがある」

「行ったことって、日本に来たことが?」

「十歳のとき。母と旅行した」

その旅行の思い出がよほど素晴らしいもので、ムスタファは日本に拘りを持つようになったのかもしれない。

「旅行にはよく行ってたんですか?」

「いや。俺がベノールから出たのは、その一回だけだ……十四歳をすぎてからは、王宮の敷地の外にも滅多に出してもらえなくなった」

「それは酷《ひど》い」

思わず顔を曇らせると、ムスタファが苦々しい顔をする。

「ベノールはそういう国だ。第一王位継承者だけが優遇される」

ムスタファの不自由な境遇が事実なら、確かにアメリカや日本に留学させてもらえたナイルスは別格の扱いを受けていたことになる。国としての伝統や決まりごとがあるにしても、ナイルスは弟への扱いについて国王に抗議しなかったのだろうか。

一般市民である自分が王族に同情するのも奇妙な気がしたが、ムスタファに自分の知っている日本のことを教えたくなった。

雪祭り、桜、梅雨《つゆ》、花火、紅葉。日本ならではの季節の移ろいとともに、自分の体験したエピソードを混ぜながら語って聞かせた。

ムスタファが興味深げに質問してくるのに答えていると、自分の国が特別な価値のあるものに感じられてくる。

しかし、いざ質問されてみると、日本の文化や風習でよくわかっていない部分が多いことに気づかされた。もっといろいろ教えたいのにと歯痒くなる。

——今晩は、ネットで日本のことを勉強しよう。

そう考えながら、ふと大学時代のことを思い出す。ナイルスは日本に好感を持ってくれている様子だったが、こんなふうに積極的に質問をしてきたことはなかった。

途中でラシッドが運んできたコーヒーと食べやすくカットされた果物の盛り合わせを口にしながら、日暮れまで話は弾んだ。

開けた窓から風とともに、モスクで朗誦《ろうしょう》される日没後のアッザーンが、独特の抑揚で流れ込んでくる。

アッザーンは日に五回、夜明け前、正午すぎ、午後、日没直後、夜半に詠《うた》われ、ムスリムはアッラーに祈りを捧げる。

だが、午後三時頃にアッザーンが聞こえてきたときと同様にいまも、ムスタファはなにごともないように会話を続けている。そういえば昨日も、ムスタファは一度も祈りを捧げなかった。

「お祈りはしないんですか?」

朗誦が終わったころにそう尋ねると、ムスタファは半眼になって訊き返してきた。

「いない神に、どうして祈るんだ?」

「信じていない?」

「イスラム教国に生まれたからって、アッラーを信じなきゃならないことはないだろ」

「ナイルスもハッサンも敬虔なムスリムだから、そういうものかと思っていました」

ナイルスの名を出したとたん、ムスタファの顔が大きく歪《ゆが》んだ。

しまった、と思ったときにはもう、青年は身体中のバネを弾ませて望へと圧《の》しかかってきていた。仰向けに身体が倒れる。掴まれている両肩の骨が砕けそうに痛む。

「ムスタ…ファ」

「俺は決まりごとなんかより、自分が肌で感じたものを信じる」

昼に望が口にした言葉をもじって、ムスタファは唸《うな》るように言った。

残照も消えゆく部屋のなか、半ば闇に削られた青年の顔が落ちてくる。

「やめてください！」

「あの時みたいに、素直に喚いて、反応しろ」

頭に血が上る。

「っ、やめ、ろ」

「いいぞ。その調子だ」

顔をそむけたが、執拗《しつよう》に追われ、奪われる。

唇にやわらかくて重い感触が押しつけられる。狭間を舌で割られた。頑《かたく》なに閉じる歯列の波を辿られ、唇の内側の粘膜をねっとりと舐められていく。脳の内側に寒気が走って、身体がびくっと跳ねる。

胸をシャツの上から掌でまさぐられ、コリコリと胸の粒をくじられる。

ふたりの下腹が重なる。

二本の芯を持ったペニスが布越しに密着した。

「ん…んんっ」

王子の腰を掴んで押し退けようとしていると、開けたままのドアが控えめにノックされた。唇を奪われたまま視線をそちらに向けると、ラシッドが立っていた。少年はちょっと顔を赤らめているものの、驚いている様子はない。

——まさか……これまでの「伽人」とも、こんなことを？

触れたままの唇で、ムスタファがラシッドに問う。

「なんだ？」

「あの……、ハッサン殿がノゾム様を迎えにきたよ」

「待たせておけ」

低く呟いて、ムスタファは望の唇に激しく唇を擦りつける。

ラシッドの足音が去ってからもしばらくのあいだ、唇を貪《むさぼ》られ、胸と性器を刺激されつづけた。

望はせめてもの抗いに歯を閉じつづけ、込み上げる快楽を懸命に抑え込もうとした。しかしようやく解放されたころには、肌は隠しようもないほど火照《ほて》り、下着は先走りでぐっしょりと濡れてしまっていた。

スラックスのウエストからシャツの裾を引き抜いて、下腹の露骨な膨らみを覆う。

力の入りきらない脚で立ち上がると、「望、また明日」とムスタファが愉しくてたまらない様子で言ってきた。

望は第四王子をひと睨みしてから部屋を出たものの、すぐにハッサンと顔を合わせたら淫らなことをしていたのがバレてしまいそうだったから、途中の部屋に置かれていた寝椅子に座って、髪を手櫛《てぐし》で整え、火照りを冷ました。

冷静になってくると、ひどい自己嫌悪に見舞われた。

——こんなふうに流されて……本当に、ナイルスとムスタファの橋渡しなんてできるのか？

自問し、改めて思い返してみる。

そういえば、昨日も今日もムスタファの様子がおかしくなったのはナイルスの名前を出したときだった。

だとしたら、不用意に彼を刺激してしまったのだろうか。

——明日は、もっと気をつけよう。

なんとか気持ちを立て直して、望は寝椅子から立ち上がった。

丸いクッションに上体を載せてうつ伏せになっているムスタファが、画像が印刷された紙束をペルシャ絨毯のうえに置く。

そして特に気に入ったらしい一枚を指差した。

「今夜はここに行く」

寝椅子の脚に背を凭《もた》せかけていた望《のぞむ》は怪訝《けげん》な顔で写真を覗き込んだ。京都《きょうと》の祇園《ぎおん》祭りの写真だ。

「今夜って?」

日本になど行けるわけがないし、祭りもいまの時期のものではない。

ムスタファが黒い目を煌かせて、望を見上げる。

「俺の特技。夢で行きたい場所に行ける。最近は毎晩、日本に行ってる」

望は気持ちが昂ぶって身を乗り出した。思わず、砕けた口調で言う。

「それ、俺も昔は特技だった」

「え?」

「十五歳ぐらいまで喘息が酷くてね、学校もよく休んで、本ばかり読んでたんだ。身体のせいでどこも自由に行けなかったけど、代わりに夢のなかでは行きたい場所に行けてた」

当時のことを思い出すと、胸が苦しくなった。

そして気がつく。

——ムスタファはあの頃の俺と似たような状態なんだ。

普通の人ができることを、させてもらえない。狭い世界で生きることを強いられて、夢のなかでだけ自由を貪っている。

望のその特技は、喘息が治まってから自然と失われた。現実の肉体で夢を叶《かな》えられるようになったから、見る必要がなくなったのだ。

——いつかムスタファも、自由になれたら。現実世界で日本でもどこでも行けるようになれたら……。

そんなことを考えていると、ふいに手首を握られた。

見下ろすと、ムスタファは目を閉じていた。ゆったりとした呼吸に肩が上下する。

「ムスタファ？」

呼びかけても目を開けない。

その無防備な姿を見ていると、胸のなかで甘い感情が動いた。頭を撫でてやりたいと思っていることに気づいて、望は戸惑う。

長いこと躊躇《ためら》ってから、眠っているらしい猛獣におそるおそる手を伸ばす。

髪に触れる直前、ムスタファが目を閉じたまま唇の端をほころばせた。

「お前のことが気に入った。これからは、いまみたいに親しく話せ。……今夜は特別に望も連れていってやろう」

望は引っ込めた手で自分の頬に触れた。ムスタファが目を開けなくてよかったと思う。頬はほんのりと熱を持ってしまっていた。


「ん…」

日没とともに灯されたオイルランプの光が、厚みの均一でない水色のガラスに蕩かされて、部屋に波模様の光を拡げている。

唇から起こる濡れ音のせいで、オアシスの水のなかをたゆたっているような錯覚に囚《とら》われる。絡んでくる舌がもたらす浮遊感に、立っている脚から力が抜けそうになる。

下の階では、ハッサンが待っている。唇を離して、すぐに行かなければならない。そう頭ではわかっているのに、望の舌はわずかに蠢いて相手に応えてしまう。ムスタファが喉で嗤《わら》った。熱くなった項《うなじ》に細かな汗が滲む。

……幽閉されている第四王子の無聊《ぶりょう》を慰める仕事を始めてから、一ヶ月近くがたっていた。

午後一番にファラーシャマハルを訪れて、望が初めにするのはムスタファから水煙草を取り上げることだ。こんな密室で石炭を燃やして煙草を吸うのがどんなに身体に悪いかという小言を、ムスタファはふてぶてしくにやつきながら聞いている。

そうして寝室は換気しておいて、ほかの部屋やテラスの長椅子に並んで座ったり、あるいはラグのうえで積まれたクッションに凭れかかったりしながら、日本関連のものを打ち出した紙束を一緒に眺めて話をし、文化や文字を教える。

ムスタファの日本に対する素直な好奇心に応えるために、望は熱心に資料を集めた。

それに、写真を眺めながらムスタファが「今夜はどこに行きたい？」と訊いてくれるのが嬉しかった。望が行きたい場所を選ぶと、「わかった。連れていってやる」と尊大に言う。そんな彼がある時、ぽつりと呟いた。

「夢のなかでしか、してやれないんだな……」

ムスタファの「連れていってやる」に籠められている気持ちが垣間見えて、望はひどく切なくなった。

望のムスタファに対する気持ちは日を追うごとに好意的になっていったが、しかし彼にはひとつ大きな問題があった。ハッサンが迎えにくる時間帯になると、決まって足止めするようにキスや抱擁をはじめるのだ。今日はひとしきりのキスを終えて部屋から出ていこうとしたところで肩を掴まれ、ふたたび唇を奪われてしまった。

――……望んで、してる、わけじゃない。

揺らぐ意識のなかで、望は自分に言い聞かせる。

キスや服のうえからの愛撫を赦しているのは、ムスタファの気持ちをほぐし、距離を縮めるためなのだ。

――ナイルスがムスタファとの仲を修復できるように……だから……。

口蓋《こうがい》を舐められて、望は爪先《つまさき》立ちして逃げようとする。

ムスタファはキスのたびに、望が気持ちよがる方法を探り当てる。たとえば、歯列の裏の口蓋をくすぐられること。たとえば、舌先を乱暴に潰されること。下唇をしゃぶられ、甘噛みされること。口腔《こうこう》を厚みのある舌でいっぱいに満たされること。

キスだけでもこんなにも多彩な快楽のかたちがあるのだと、年下の同性から教えられていた。

唇から舌をずるりと引き抜かれて、ぶるっと身震いする。

弱っている表情を見られたくなくて俯くと、唇からふたりの混ざった唾液がツ…と滴り落ちた。慌てて手の甲で口許を拭《ぬぐ》う。

「望、また明日」

「……」

そのまま顔を上げずに、望は扉を開けて廊下へと出る。

まるで地面が歪んでいるみたいで、足の裏の感覚が乏しい。

一階に下りる前に火照りを消そうと思ったのに、階段を上ってくる足音が聞こえてくる。なかなか下りてこない望に焦れて、ハッサンが二階まで迎えにきたのだ。

顔を合わせたとたん、ハッサンが怪訝な顔をした。

「顔が赤いようですが、なにかありましたか?」

指摘されて、背筋が冷える。

「……そういえば、少し風邪っぽいかもしれません」

「それなら医師に診てもらいましょう」

王宮に戻ると、望はそのまま宮廷医のところに連れていかれた。

当然のように熱はまったくなく喉の腫れもなかったが、念のためにと薬を処方された。

晩餐の席で、望はナイルスに話したいことがあるからどうしても時間を作ってほしいと頼んだ。

ひとつはムスタファのことについてだ。

最近の彼は、望から一方的に情報を与えられるだけでは満たされなくなってきていた。知らない漢字を見つけると、そのかたちを指先で真似《まね》るのだ。ペンがあったら本格的に日本の文字を教えることができる。ムスタファはきっと喜んで練習をするだろう。それなのに、ファラーシャマハルには筆記用具がひとつもない。

数日前、ハッサンに内緒でこっそりボールペンを持ち込もうとしたのだが、門のところでポケットを検《あらた》められて失敗してしまった。ハッサンに訴えても「以前からの規則ですから」と取り合ってもらえない。

だから、ナイルスに直談判したかったのだ。

そもそもナイルスは、弟の現状をどう考え、この先どうしようとしているのか。

そしてもうひとつ、サルマーのことも話し合いたかった。

ナイルスは今晩、遅くなるが時間を作ろうと言ってくれた。そして約束どおり、十二時をすぎてから部屋を訪ねてきてくれた。表情は穏やかだが、疲弊の色が濃い。

国の民主化に尽力しているのだろう。

「疲れてるのに、時間を作ってくれてありがとう」

ベッドに並んで座ったナイルスに頭を下げる。

そして、あまり時間を取らせてはいけないと思い、すぐに本題を切り出した。筆記用具と、できればノートパソコンをファラーシャマハルに持ち込む許可を求める。

しかし、ナイルスは穏やかな口調で拒絶した。

「その必要はありません。ムスタファが自棄《じき》になってつまらないことを企《くわだ》てないように、彼の気持ちを散らしてくれていれば充分です」

「つまらないこと？」

訊き返すと、品のある口許がわずかに歪められる。

「四年前のクーデターのような、という意味です」

「クーデターって、別にムスタファが企てたわけじゃないんだろう？」

内情を話すべきか迷っているらしい沈黙ののち、ナイルスは口を開いた。

「ムスタファではありません。第二夫人と、その子供の第二王子、第三王子、第一王女の首謀でした。国王が病に倒れたのに乗じて、第一王位継承者のわたしを暗殺して、第二王子を継承者にしようとしたのです」

「ナイルスを……暗殺って」

思わずゾッとして彼の手首を掴む。

ナイルスは微笑を浮かべて、もう片方の手で望の手を宥《なだ》めるように撫でた。

「いっときは母の出身国への亡命も考えたほど事態は深刻でした。ですが、ハッサンが命がけで離反した軍隊を説得してこちらに引き戻してくれたことで、優勢に転じることができたのです」

クーデターの半年のあいだにナイルスは三発の銃弾を身に受け、ナイルスの母親である第一夫人も被弾して亡くなったのだという。

ナイルスがどれだけつらい思いをしたのかをいまさらながらに知り、望はなんの力にもなれなかった自分が情けなくなる。

「ごめん、ナイルス……俺は自分のことで手いっぱいで」

「望が謝ることは、なにもありません」

赤くなっていく目でしきりに瞬きをしていると、ナイルスが髪に触れてきた。

「望はわたしの我が儘《まま》を聞いて、こうして傍に来てくれました。本当に嬉しく思っています」

「俺――ムスタファの誤解を解けるように頑張るから」

詰まった声でそう言うと、ナイルスが訝《いぶか》しむ表情をした。

「ムスタファがなにを誤解しているのですか？」

「だから、ムスタファがナイルスのことを誤解してるから、クーデターを起こしかねないんだろう？　誤解が解けたら、ムスタファの力も借りて、兄弟で国を治めていける。ナイルスだっていまみたいにひとりでなにもかも背負っていたら、もたないよ」

「……」

ナイルスは望の髪から手を退くと、話を戻した。

「筆記用具とパソコンの持ち込みについてですが、いくら望の願いでもそれは許可できません」

落胆するものの、それ以上強く要求することも憚《はばか》られた。

ナイルスのほうも四年前の親族の裏切りによって、ムスタファのことを信用できなくなっているのだ。

[illegible]一[illegible]月だが、望の目から見てムスタファにはクーデターを起こすような野心は見られない。おそらく彼は、広い世界で自由に生きたいだけなのだ。でも自分がいまそれを伝えたところで、ナイルスを納得させることはできないのだろう。

すっかり互いを悪いように思い込んでいる兄弟の仲をどうやって取り持っていこうかと考えていると、ナイルスが肩を抱いてきた。

望の身体は罪悪感に緊張する。

——俺は、ナイルスへの気持ちを裏切ってる…。

ムスタファの香りが、体温が、唇の感触が、思い出すまいとすればするほど鮮明に思い出される。望の身体の強張りに気づいたらしく、ナイルスが探るまなざしを間近から向けてきた。

「望？」

「……」

こんなふうに触れあい、目を覗き込まれたら心のなかを知られてしまいそうで。

望はナイルスの腕から逃れて立ち上がると、もうひとつのどうしても話したかったことについて触れた。

「ほかにも、ナイルスに相談したいことがある。侍女のサルマーのことだ」

「サルマーがどうかしたのですか?」

彼は裸で迫ってきた夜を境に望の世話係から外れ、その姿を見ることもなくなっていた。

しかし、これからも女装と性的な接待を強いられる可能性はある。彼以外にも同じようなことをさせられている者もいるかもしれない。見すごすわけにはいかなかった。

「どうして彼に、女性の格好をさせてるのか教えてほしい」

「本物の女性に世話をしてもらいたかったのですか?」

「……そんな話はしてない」

「男の客人の世話を本物の女性にさせれば、性的問題が起こる可能性が高くなります。女装をさせればそれを避けられるうえに、女性に世話をされているような満足感も得られます」

「でも、彼にさせている客へのサービスは度がすぎてる」

「客へのサービス?」

ナイルスが立ち上がり[illegible]かったが、それは腹の内側に響くような厳しい声だった。

「彼にどんなサービスをされたのですか、望」

[illegible]のない鋭い目に見据えられる。

「教えてください。場合によっては相応の処分をしないといけません」

「相応の、処分って」

ナイルスはサルマーの仕事内容を詳細には把握していないようだった。

そしてこの様子では訴えたところで、サルマーの状況は改善されるどころか、むしろ同性愛行為を理由に処罰されかねないのではないか。

——でも、ナイルスはアメリカや日本で教育を受けた人だ……それに一回だけとはいえ、俺とキスしたことがある。

ナイルスを信じたいと思うのに、ムスタファの言葉が耳に甦る。

『邪魔なものは容赦なく排斥する。友人すら、こうして人身御供にする。兄はそういう人間だ』

ベノール国王の第二夫人と、第二王子、第三王子、第一王女は、いまどうしているのだろう?

いくら不信感を持っているといっても、ムスタファに対する扱いは非人道的すぎないか?

——もしナイルスがムスタファの言葉どおりの冷酷な一面を持っていたら、サルマーは間違いなく厳しい刑罰を受けることになる。

そんな仮説は考えたくもなかったが、万が一にも真実だったら取り返しのつかないことになってしまう。

「サルマーのサービスは、過剰だよ」

望は諭《さと》す顔を作ってみせた。

「真夜中でも、俺が起きてると飲み物だフルーツだって運んできてくれた。まだ子供なんだし、絶対に睡眠時間が足りていないはずだよ。日本だったら、労働基準法違反だろ？」

ナイルスが向けてくる疑いのまなざしを、軽い非難と笑みを混ぜた目で見返しつづける。

しばしの沈黙ののち、いつもの穏やかな笑みがナイルスの顔に拡がった。

「そうですね。確かに改善すべき点かもしれません。侍従長に言っておきましょう」

望も笑顔になって、頷く。

やわらかな空気が——少なくとも表面上はやわらかな空気が流れて、ナイルスが髪を撫でてきた。

うっとりとした感じに目を閉じながら、望の心の芯は緊張に固まっていた。

もし、自分とムスタファの性的な関係が発覚したら、ナイルスはどういう処分を下すのだろう？

想像すると、背筋がゾッと冷えた。

「望のことも働かせつづけて、これでは過剰労働ですね。明日は、一日ゆっくりしてください」

ナイルスが部屋から出ていく。扉が閉まった瞬間、安堵の深い溜め息が唇から漏れた。

昼食がすんでから、望は街へと散策に出かけた。ここのところ午後はずっとムスタファとすごしていたので、久しぶりに王宮の敷地から外に出た。

前に街に行ったときは、カッターシャツとスラックスという姿で悪目立ちしたので、少しは馴染むようにカンドゥーラを着て、ゴドラを被った。裾がゆったりしたカンドゥーラは涼しいといえば涼しいが、スカートを穿《は》いているような頼りなさだ。

ベノールの住宅は、素朴な砂壁のものや煉瓦《れんが》造りのものが主流だ。高くても三階建てで、街並みは大小の四角い積み木をぎゅっと寄せ集めたみたいで可愛らしい。

そんななか、ドーム型の屋根を被ったモスクは特別な存在感と威風を放っている。一日五回の礼拝時にアッザーンを流すのに使われる塔《ミナレット》も、天高く聳《そび》えて人目を引く。

王宮とモスク以外の目立つ建物といえば、オアシスの畔《ほとり》に並んで建つ高層建築物だ。近隣諸国との会議やビジネスの際に使われる青ガラス張りのビルと、それに付随して建てられたホテルだった。

しかしそのふたつの建物は、周囲の風情ある様子からは浮いてしまっている。お陰で近代的なデザインであるにもかかわらず、生活から乖離《かいり》した太古のモニュメントのようにすら見えた。

それらを覗めながら、望は市場へとふらりと入っていく。

レトロな鋼製の秤《はかり》があちこちで商品の重さを量り、商人と客のあいだで金がいき交う。ヤシの実、アンズの実、薔薇の蕾《つぼみ》の紅茶、色とりどりの香辛料。日本の充実したスーパーマーケットよりも、こういう露店のほうが豊かに見えるから不思議だ。

紅茶でも買っていこうかと吟味《ぎんみ》していると、ふいに男の子が下から覗き込んできた。

黒目がちな目をした少年が愉しげに言う。

「ファラーシャ！」

「……君は」

このあいだ街を散策した帰り道に擦れ違った子供に似ているように思われた。

望は自分自身を指差して確認する。

「ファラーシャ？」

少年はこくこく頷いて、「ファラーシャ！」と叫ぶと、パッと身を翻して走りだした。逃げるのかと思いきや、少年は道の角で立ち止まった。じっと見つめてくる。望がそちらに向けて歩きだすと、ふっと横道に入って姿を消した。

その角のところまでいって曲がってみる。すると少し離れた建物の横に少年が立っていた。望が歩きだすと、また次の道へと小柄な身体が消える。それを幾度も繰り返していく。

市場から出発して、何度右折して左折したのかもわからなくなる。

炎天下を三十分ほども早歩きした望は喉も渇き、すっかりへばってしまっていた。建物が濃い影をつくる路地の片隅で座り込む。壁に背を預けて息を整えながらゴドラの布で顔を扇《あお》いでいると、ふいに地面にサンダルを履いた小さな足がにゅっと現れた。

望をここまで誘導したあの少年が、おろおろした顔で覗き込んでくる。

「気持ち悪い？」

「大丈夫だよ。少し疲れただけだから」

「うちで休みなよ。お水あるよ」

もしかすると、少年は初めから望のことを家に連れていきたかったのかもしれない。遠慮する隙を与えずに早口で誘う。

「すぐだから。ホントに、そこの角を曲がって、もうひとつ角を曲がったら、着くよ」

カンドゥーラの裾を引っ張られて、望は微笑む。

「それじゃあ、お邪魔しようかな」

そう返すと、少年はパアッと顔を明るくした。

「俺ね、アリー」

「アリー、だね。俺はノゾム」

「ノゾム、行こ」

手を引っ張られて、望はアリーの家へと向かう。

「父ちゃん、母ちゃん、祖母《ばあ》ちゃん、兄ちゃんのアジと俺の五人で暮らしてんだ。ノゾムの家族は？」

「兄弟はいないよ。父さんと母さんはいるけど、別に暮らしてる」

「結婚してんの？」

「してない」

「ノゾムならきっと、すごいいいお嫁さんを四人、手に入れられるよ」

イスラム教では、四人まで妻を持つことができるのだ。

「四人もいらないよ。好きな人はひとりでいい」

「ふーん？　でも、うちの父ちゃんと母ちゃんも、ひとりずつだよ。父ちゃんはお金持ちじゃないから」

他愛もない会話をしているうちに、アリーの家に着く。砂壁の三階建てだ。乾いた風に晒されてきた分厚い木戸には大きなノッカーが取りつけられていて、アリーはそれをガンガンと鳴らしてから、ドアを開けて声を張りあげた。

「ファラーシャを連れてきたよぉ」

そういえば、なぜ自分のことをファラーシャと呼ぶのかを訊き忘れていた。

一階の居間の奥のテーブルでは、十代半ばの少年がペンを片手に机に向かっていた。勉強していたらしい。

「アジはショーガクキンで、大学にいきたいんだって」

「アリー、よけいなこと言うなよ」

ちょっと赤面して、アジは椅子から立ち上がると、望の前にやってきた。

「すみません。弟は色が白い人を目ざとく見つけては『ファラーシャ』だって、うちに連れてこようとするんです」

「だって、ファラーシャだよ」

アリーが主張していると、二階からチャードルに身を包んだふたりの女性が下りてきた。兄弟の祖母と母親のようだ。

「おやおや、また小さいアリーが異人さんを誘拐しちまったのかい」

年老いた女は歯が欠けているらしく、不明瞭《ふめいりょう》な声で言う。

「お邪魔してしまって、すみません。日本から来た、羽生《はにゅう》望といいます」

頭を下げると、控えめに離れて立っていた背の高い女が、目を大きくしばたいた。

「本当に、日本人なのですか?」

「え?　ええ、はい」

望の答えに、アリーが興奮したようにその場でジャンプする。

「まぁ。それでしたらファラーシャ様と同郷の方なのですね。どうぞ、どうぞその長椅子におかけになってください」

見知らぬ異性に対して、戒律が厳しい国のムスリマがこんなふうに親しげに話すのは珍しいことだ。

突然の歓待ムードに戸惑いながら、望は座部に接《つ》ぎのあてられた長椅子に腰を下ろす。横にアリーが座って、手を握ってくる。アリーの横にアジが座る。

――なんだかよくわからないことになってるな。

すぐに紅茶とカステラに大量のナッツが入ったようなお菓子が運ばれてきた。テーブルの向こう側の椅子に、チャードル姿のふたりの女性が腰を下ろす。

話の主導は長男であるアジが引き受ける。

「日本人はたまにスーツを着たビジネスマンが来るけど畔のホテルに泊まるから、街のほうには滅多に来ないんです。あなたは、どこに泊まってるんですか？」

嘘をついても仕方ないから、正直に王宮だと答える。

するとやはり空気が緊張したが。

「王宮にはファラーシャ様の子供がいる！」

アリーが大きな目で見上げてくる。

「ノゾム、会ったことない？」

「あの、ごめん。ファラーシャ様って？」

その質問には、アリーの母親が答えてくれた。

「ファラーシャ様は、かつてファラーシャマハルに住んでおられたご夫人です。もう何年も前に亡くなられてしまいましたが、とてもお美しくて聡明《そうめい》な方でした」

「ファラーシャマハルに、ですか」

「ファラーシャ様は肌が白かったって」

アリーが早口に言う。

「俺は、ファラーシャ様が助けてくれたから、生まれてこられたんだよ」

母親が目を細める。

「この子の言うとおりです。わたしはアリーを生むときひどい難産で、母子ともにもう駄目だと医者に見放されたのです。でも病院を視察に来られていたファラーシャ様が、医者として最後までしっかり仕事をするようにと意見してくださって……ファラーシャ様は、それはもう国王様に愛されておられましたから、医者たちもわたしとアリーをなんとか助けようと、頑張ってくださったのです」

彼女の潤んだ眸には、その国王夫人への敬愛の念が溢れていた。

ファラーシャと呼ばれていた夫人は、街のインフラ整備や女性たちの地位向上について国王に進言したのだという。女の身で差し出がましいと非難する声もあったが、女たちにとっては唯一無二の救済者として慕われていた。

「そうだったんですか……さっき、ファラーシャ様と俺が同郷だとおっしゃっていましたが、日本の方だったんですね?」

「ええ。本名はタカコ様とおっしゃいました。蝶をこよなく愛《め》でられていて、国王様が夫人のためにファラーシャマハルを建てられたのです。それで、誰からともなくファラーシャ様と呼ばせていただくようになりました」

「同じ日本人として、その方のことを誇らしく思います」

ひとりの日本女性が異国の地で、日々を生きる人々のために手を尽くしていたのだ。さぞかし風当たりが強く、苦労も多かったことだろう。しかし亡くなったいまも、彼女はこうして人々の心に根づいている。

「……だけど、ファラーシャ様が亡くなってから、この国は悪くなったよ」

アジがぼそりと呟く。

「アジ、そんなことを」

母親の言葉に押し被せて、アジが言う。

「だって、そうだろ? 四年前のクーデターのときに首謀者の第二夫人と子供たちが街の広場で処刑されてからは、毎週のように月曜の朝に公開処刑がおこなわれるようになった。奨学金制度の枠だって、年々少なくなってる。母さんだって、昔はチャードルを着なくてすんだのに」

孫息子の悲しみと苛立《いらだ》ちが混ざった様子に、老女が目尻《めじり》に深い皺を刻む。

「それはね、お前。悪くなったんじゃないのさ。祖母ちゃんが若いころは、こんな生活が当たり前だったんだよ。ファラーシャ様がいっとき流れを変えてくださっただけなんだよ」

沈黙が落ちて、場の空気が重いものになる。

帰りは、アリーが手を引いて元の市場まで連れ帰ってくれた。

「俺、よくこの市場にいるから。家もホントはもっと近道があるから。ノゾム、またお喋りしよ」

「ああ、楽しみにしてるよ」

繋いでいた手を離してさようならの挨拶を交わしたあと、気にかかっていたことをふと思い出して、望はアリーに尋ねた。

「ファラーシャ様の子供っていうのは、誰なのかな?」

少年は声を小さくして教えてくれた。

「ムスタファ様。でももうずっと誰もお姿を見てないから、生きてるか死んでるかもわからないんだって」

6

現国王の八年前に亡くなった第三夫人。ファラーシャの愛称で国民から慕われていた彼女は日本人で――ムスタファの母親だった。

確かにムスタファは中東の人にしては、いくぶん肌の色が薄く、目許のあたりが日本人的といえなくもない。

――だから、あんなに日本に興味を持っているのか。

おのれのルーツのある場所に惹《ひ》かれるのは、ごく自然なことだ。望《のぞむ》にやたらと触れたがるのも、その辺の情動から来るものが大きいのだろう。

そして望のほうでも、ムスタファに日本人の血が流れており、また彼の母親が心ある素晴らしい人だったと知って、彼に肩入れする気持ちが強まっていた。

昨日一日ムスタファに会わなかっただけなのに、望は朝食の席からすでにそわそわしていた。翻訳仕事の合間合間に、いつもより多くの日本に関する資料をネットで集めてアウトプットした。

アラブの民族衣装の涼しさがわかったので、今日はゴドラこそ被らないもののカンドゥーラを着て朝からすごしていた。服装ひとつだが、ほんの少しだけベノールに馴染んだような気持ちになれる。

午後になり、ハッサンとともにファラーシャマハルに向かう。

いつものように、望が敷地に入るとすぐに、門の外から鍵をかけられる。

薄紅色の宮殿へと足早に歩きながら、望はふと顔を上げた。不思議な力に惹かれて、視線が一点へと引きつけられる。

右奥の尖塔の途中にもうけられた、アーチ型の窓。そこに人影があった。しかし、それはすぐにふっと消えた。

小宮殿に入ってすぐの広間にはラシッド少年がいて、望の顔を見ると泣きそうな安堵の表情を浮かべた。

「ああ、ああ、よかった！　昨日来なかったから、もう来られなくなったのかと思った」

望が休むことは、こちらに伝えられていなかったらしい。それにしても大げさな反応だと望はくすりと笑う。

「休むように言われたから、昨日は街をぶらぶらしていたんだ」

「街？　いいなぁ、懐かしい」

「懐かしいって、すぐそこだろう？」

「そうだけど……俺はここの敷地から出られないからさ」

ラシッドの眉尻が寂しげに下がる。

「もう二年半も出てない。父ちゃん母ちゃん弟に妹、みんな元気にしてるかなぁ」

「二年半も、家族に会ってないのか」

少年が頷く。

「けど、そういう約束で俺はここに来て、それで家にすごくいっぱいお金が入ったから。仕方ないんだ。父ちゃんが病気しててあんまり稼げないから、長男の俺が金を作んなきゃいけなかった」

「そんな……」

「あ、でもそんなに寂しくないよ。アブドゥラもハメットもここから出られなくて、祖父《じい》ちゃんと父ちゃんみたいに俺を可愛がってくれる。ムスタファ様だって、あれでけっこう優しいんだ」

――従者たちまで、ムスタファと同様にファラーシャマハルから出られないのか……。

望が難しい表情を浮かべているのに気づいたラシッドが、ちょっと早口になって話を変える。

「それよりさ。ムスタファ様、昨日は一日中部屋に閉じ籠《こも》って水煙草を吸って、食事もろくに食べなかったんだよ。きっと心配で仕方なかったんだ」

「心配?」

ふてくされて、の間違いではないのか。

――でも、荒れるのも仕方ないな。

気持ちが豊かで行動力がある異国の女性を母に持ち、ムスタファとてその影響を多分に受けたはずだ。それがいまはこうして、民にまで存命を疑われるような生きているのか死んでいるのかわからない生活を強いられている。機嫌よくいろというほうが、無茶な話だ。

階段を上り、蝶の象嵌がほどこされた扉をノックする。よほど臍《へそ》を曲げているのか、応えがない。

「ムスタファ、入るよ」

明るい声で言いながら扉を開ける。

頭の芯がくらっとするほど、濃厚な煙草の香りに巻かれる。ムスタファの姿はなかった。窓を開けて換気してから、持ってきたものを小机のうえに置いて、部屋を出る。

どこにいるのかと考え、尖塔の窓に人影があったのを思い出す。あの尖塔へは、廊下を少し戻ったところにある上り階段から行けるはずだ。

この建物はかたちも大きさも異なる五本の尖塔を持つ。目指すのは、そのなかでも一番太さと高さがあるものだった。

尖塔内に入り、なかの螺旋《らせん》状の階段を上っていく。一段ずつが高くて斜度が急だ。

上方の窓から入ってきているらしい風を肌に感じるころには、少し息が上がってしまっていた。重い足を上げて上っていくと、階段に黒衣の青年が座っていた。

「部屋にいないから、捜したよ……こっちの服は涼しくていいね」

カンドゥーラの裾を摘みながら笑顔を向けるが、ムスタファの目はきつく眇《すが》められたまま。水煙草の吸いすぎのせいか、その目は充血し——涙ぐんでいるように見えた。

「ムスタファ?」

近づいて顔を覗き込むと、ムスタファが手を伸ばしてきた。項をぐいと掴まれて、重心が前に崩れる。ムスタファの座っている石段に手をつく。

唇が、一気に深く重なった。

身体を起こして口づけから逃れようとするが、足の裏が階段から滑った。脛《すね》が角にぶつかり、片方のサンダルが脱げる。急な階段をサンダルが落ちる音が遠ざかっていく。

下手《へた》に暴れると、自分も転がり落ちかねない。ゾッとして、青年の膝に縋りつき、口のなかの舌をきつく吸ってしまう。口内で濡れた熱い肉を潰す感触は、あまりに卑猥だった。

ムスタファが痛みと官能の混じった音で喉を鳴らす。

腿の外側を忙しなく撫でられる。撫でられるごと、カンドゥーラの裾が上がっていく。やめさせたいけれども、ムスタファの膝から手を離すのが怖い。かすかに腰をよじるのが精一杯だった。

じかに腿の素肌に触れられる。

これまでムスタファからキスや服越しの愛撫は何度もされてきたけれども、露骨な性的行為をされたのは門を挟んでのときだけだった。

「ん、っ」

熱っぽい手が臀部の肉を揉み、下着の脚ぐりから指がもぐり込む。

会陰部に差し込まれた指で、その弱い地帯を抉られた。腰を上げて逃げようとすると、指がずれて双玉に当たる。その丸い表面をなぞられていく。

後ろから足のあいだに差し込まれている手のせいで、脚が開いてしまっていた。階段を捉《とら》える爪先が反り返り、脚全体に力が入る。

「く、…ふ」

舌を舌で捏ねられながら、下着のなかで茎のつけ根に触られる。

強張っている茎の裏のラインをコリコリとくじられれば、亀頭の割れ目が潤みだす。掌に重く圧迫されている会陰部が熱くなって、波打つ。

過敏なところを一緒くたに、大きな掌と長い手指に揉みしだかれていく。

唇が離れると、ふたつの跳ねる呼吸が石造りの空間に響いた。

頭の芯が熟れたようになったまま、望はひんやりした石段に手をついた。逃げようにも、この状態で急な階段を下りるのは困難だった。獣のように四肢を使い、王子の横を抜けて階段を上る。

下着のなかから手が抜けた。もしかしたら逃げおおせられるかもしれないと期待した次の瞬間、腰を逞しい腕にひと巻きされた。階段にうつ伏せにへばりつくかたちで押さえつけられ、背後から圧しかかられた。カンドゥーラの裾を腰まで捲《まく》られる。下着を引きずり下ろされる。

「やめ――っ…あ」

剥《む》き出しにされた双丘の狭間を強い指で探られた。体内に通じる窪《くぼ》みに触られる。

「う、そこは……い、やだ」

大学時代にゆきずりで関係を持った男たちにそこを嬲《なぶ》られたとき、気持ち悪さと苦痛しか感じなかったのだ。

細かい襞《ひだ》を検められ、きつく閉じた孔を歪められる。

望の身体を押し潰していた重みが、ふいに去った。強張る肢体を叱咤《しった》して、階段を這い上る。一段二段……しかし三段目に手をかけたところで、下着の片脚を抜かれ、臀部の肉を左右に割り拡げられた。

開かれた場所に熱くてやわらかな肉が突き刺さってくる感触に、望は大きく目を見開く。その柔肉が体内の浅い場所で淫らにくねる。

――まさか、舌？

気づいてしまったとたん、激しい恥辱に下肢がわなないた。ヒクつく蕾に舌を深く送り込まれる。

体内のそれは執拗に内壁を弄り、望の抗う力を奪っていった。ようやく舌が退いていく。

「う、――あ…ぁっ！」

後孔から溢れたムスタファの唾液が狭間を伝い、双玉を濡らす。

下腹の器官は痛いほど反り返り、震えていた。

その茎を脚のあいだから入り込んだ手に掴まれた。根元から折るように、先端を下へと向けさせられる。

「いた…痛いっ」

舌の代わりに、今度は親指を濡れた孔にずくりと刺される。舌とは違う硬さのあるものを内壁はきゅうきゅうと締めつけた。

腿のあいだからうしろへと折られたペニスの先端を忙しなく舐められる。

「ひ、ぅ」

眩暈がして、階段に這いつくばっているのに平衡感覚が崩れていく。

いまにも螺旋階段を転げ落ちてしまいそうな恐怖に、石段に爪を立てる。

苦痛と淫靡《いんび》と恐怖が織り交ざり、心と身体をぐんぐん追い詰められる。

きつく締まる粘膜のなかで、親指がぐるりと円を描く。

性器の先端の割れ目に、舌が入り込んでくる。そこにひそむ小さな孔を集中的にくじられた。

「っ、う、うっ」

射精したいのに、茎を深く折られているせいで最後の一線を越えられない。

せめて角度を浅くしようと腰を突き上げれば、露わになった孔へと、回転を加えた指を激しく出し挿れされる。

「あー、あっ――、も、出る。……だしたい、出したい、ぃぃっ」

恥も外聞もなく叫び声をあげると、ムスタファが乱れた声で強いる。

「もう二度と…、無断で休まないと、誓え」

「かう、誓う、から」

「絶対だぞ」

「ん……ぜったい」

「それなら、赦す――思いきり出せっ」

陰茎を握っていた手が開かれる。

極限状態を迎えていた器官は反動で臍のあたりへと音をたててぶつかった。甘い衝撃が一気に弾けた。カンドゥーラの布の内側へと、ぼとぼとと重ったるい体液が飛び散る。

「ぁっ……あぁぁ……」

後孔から指を抜かれたとたん、ぐにゃぐにゃになっていた腰が落ちた。臀部の膨らみのうえまでカンドゥーラが捲れたみっともない状態で、ぐったりとなる。腿を閉じることも

◆この本を何でお知りになりましたか？

1．書店で見て　2．広告あるいは紹介記事を見て（媒体名　　　　　　　　　　）
3．人に勧められて　4．Webで見て（サイト名　　　　　　　　　　）
5．その他（　　　　　　　　　　）

◆この本を購入された理由をお教えください。

1．小説家が好きだから　2．イラストレーターが好きだから
3．表紙に惹かれて　4．オビを見て　5．あらすじを読んで
6．その他（　　　　　　　　　　）

◆表紙のデザイン・装丁についてはいかがですか？

1．よい　2．ふつう　3．悪い
（理由　　　　　　　　　　）

◆好きなジャンルに○を、苦手なジャンルに×をつけて教えてください。（複数回答可）

1．学園もの　2．サラリーマン　3．時代もの
4．ファンタジー・ＳＦ　5．血縁関係　6．陵辱系　7．切ない系
8．オヤジ　9．業界もの（医者・極道・弁護士・ホスト・スポーツ）
10．その他（　　　　　　　　　　）

◆あなたが好きな小説家を教えてください。

◆あなたが好きなイラストレーター・漫画家を教えてください。

◆あなたが好きなボーイズラブレーベルはどこですか？

◆最近読んで面白かったボーイズラブ作品と作家名を教えてください。

作品　　　　　　　　　　作家名

◆この本に対するご意見・ご感想をお書きください。

ご協力ありがとうございました。

ご感想はこちらでも受け付けております！▶GUSH編集部HP http://www.gushnet.jp

50円切手を
お貼りください

POST CARD

102-8405

東京都千代田区一番町29−6
(株)海王社　ガッシュ文庫編集部

ガッシュ文庫アンケート係

〒□□□-□□□□　☎　(　　)

住所

ふりがな
名前

年齢

学年・職業

男・女

購入文庫タイトル

購入月　　年　　月　購入方法　1.書店　2.オンライン書店　3.その他(　　　　)

◆ハガキをお送りくださった方の中から抽選でガッシュ文庫特製オリジナルグッズをプレゼントいたします。なお、発表は発送をもってかえさせていただきます。

※このハガキは、今後の企画の参考とさせていただきます。ご記入いただいた個人情報を当選賞品の発送以外で利用することはありません。

ままならないまま、剥き出しの脚が快楽の余韻にビクビクする。

腰のあたりでわだかまっているカンドゥーラの裾を握られる――このまま、犯されるのかもしれない。

「……」

恐ろしさに固まる臀部に、布がかけられる。

肩越しに振り返ろうとすると、その前に抱き起こされた。身体が宙に浮く。

ムスタファは背中と膝裏に腕を通すかたちで望を抱いて、階段を下りはじめた。これほど急な螺旋階段なのに、まったく危なげない。

四年にわたって幽閉されてきた彼は、この尖塔をきっと数えきれない回数、上っては下りたのだろう。あの窓からなら、白亜の王宮や楽園のごとき庭の緑、オアシスの煌く青、白茶けた色合いの街までもが見わたせるに違いない。

母親がかつて住んでいたファラーシャマハルに封じられて、ムスタファは日々、どんな想いを募らせてきたのか……。

なにか泣きたいような気持ちになり、いまさっき無体を働かれたばかりなのに、ムスタファに本気では腹を立てていない自分に気づく。

彼の境遇に同情しているからなのか。彼の母親の人となりの素晴らしさが緩和剤となっているからなのか。それとも、この一ヶ月をともにすごして、ふてぶてしくも素直なムスタファに好感を抱いているからなのか。

毎日のように交わした唇で、身も心も懐柔されてしまったのか……。

強引だけれども、ムスタファはいたずらに自分のことを踏み躙《にじ》ったりはしない。そう感じている。信じている。

今日のことにしても、どうやら望が昨日、連絡のひとつもなしに来なかったことが原因だったらしい。

――……それに。

こうして抱きかかえられていると、脇腹に当たるのだ。硬直している男の器官が。

その劣情を望にぶつけようと思えばできただろうに、ムスタファは自制を選んだ。

浴室を借りて身体と汚れた衣類を洗い、ラシッドが用意してくれた絹織のガウンを纏う。

部屋に戻ると、ムスタファはベッドに横になっていた。眠っているようだ。

「ムスタファ？」

声をかけても、軽く肩を揺すっても、ぴくりともしない。

まるで昨晩は一睡もしなかったとでもいうかのような熟睡ぶりだ。

「仕方ないな」

そう呟く望もまた、欠伸《あくび》をしてしまう。

ベッドはとても大きくて寝心地がよさそうだ。

一緒に寝たら、ムスタファの夢のなかに入れてもらえるだろうか。彼が夢に見ている日本を覗いてみたい。

ベッドの端を借りて横になる。目を閉じると、自分の肌からムスタファと同じ香りが漂う。浴室で使った練り石鹸《せっけん》の香りだ。それが入った壺には、睡蓮の絵が描かれていた。

麝香に混ざる、涼やかな花の香り。

たゆたう香りに意識が蕩けていく。


「ノゾム様、ノゾム様」

繰り返し名前を呼ばれる。

「ん…もう、ちょっと」

寝ぼけたまま目も開けずに、そう日本語で呟くと。

「ハッサン殿が下に迎えにきてるよ」

異国の言葉が返ってきた。

パッと目を開くと、あたりは暗い。扉から流れ込んでくる廊下の光に、ラシッドのほっそりした姿がぼんやりと照らされている。

ムスタファのベッドですっかり寝こけてしまったのだ。

慌てて起き上がろうとした望はしかし、腰にずしりとした重みを感じる。見れば、ムスタファが両腕で腰に抱きついたまま、熟睡している。大きな身体をしているくせに、なんだか大人に甘えている子供みたいだ。

「……」

朝まででも一緒に眠っていたい誘惑に駆られる。

「着替えはちゃんと乾いてるから、早く」

ラシッドに急かされて、王子の腕をそっと腰から剥がし、ベッドを下りる。

「おやすみ、ムスタファ」

そっと囁いてから部屋を出て、別室で慌ただしく元のカンドゥーラに着替える。

階段を駆け下りてハッサンの元に行くと、彼は高い鼻を蠢かした。

「この香りは蝶香ですね」

「え？」

「亡くなった国王夫人のために調合された香りです。いまはもう作られていませんが」

浴室で使った練り石鹸の香りが、身体にも衣類にも移っているのだ。

「……こちらで湯でも使われたのですか？」

探るまなざしを向けられて、望は咄嗟に言いわけをする。

「服にお菓子を落として汚してしまったから、ここの浴室にあった石鹸で洗ったんだ」

「そうですか」

この香りを残していたら、ナイルスにも疑念を向けられかねない。

――晩餐の前にシャワーを使おう。……消すのが勿体《もったい》ないぐらい、いい匂いだけど。

蝶香の華やかさと冷涼さの混じるユニセックスな調べは、芯のある女性にさぞや似合ったことだろう。

身体から香りを落として服もいつものカッタ―シャツとスラックスに戻して、夕食の席につく。

ここのところ取り組んでいた宗教政策を整える仕事の目処がついたそうで、ナイルスはとても機嫌のいい笑みを浮かべていた。今晩はゆっくり話をする時間を持とうと言われたとき、嬉しいという感情よりも、ムスタファとの秘めごとを知られないようにしなければという緊張を覚えた。

ナイルスとのティールームでの茶会の時間まで、望はひさしぶりに庭をゆっくりと散策した。一ヶ月前に来たときと花壇の様子は変わっていた。相変わらず花は瑞々しく花弁を開いているが、植えられているものが違うのだ。中東の強い陽射しは花をすぐに傷ませる。だから見苦しくなる前に、根から抜いて新しい花に植え替える。

仕方のないことなのだが、数週間しか花が根づくことを赦さない園は夢のように美しいけれども、愛着を持ちきれない。

少しもの寂しい心地になりながら歩いていると、四角く刈り込まれた植え込みの陰でなにかが動いた。目を凝《こ》らす。ほっそりとした手が招くように揺れている。

望は警戒しながら、そちらへと歩いた。

そこにいたのはカンドゥーラを着た少年だった。長い睫に縁取られた眸――。

「サルマー」

小声で名を呼ぶと、少年は頷いて、植え込みの奥へと望を導いた。

「僕の本当の名前は、サルマーンです。あの時は本当に申しわけありませんでした……命じられたこととはいえ、飲み物に薬を混ぜてノゾム様を困らせました。それなのに、ノゾム様は誰に言いつけることもなく、穏便にすませてくださいました」

やはり、あれは人に強いられたことだったのだ。

「俺のほうこそ、なにもできずにいて。あれから不本意な仕事はさせられていないかい？」

「はい。最近は厨房のほうの仕事ばかりですので」

それを聞いてほっとする。

それにしても誰に、あんな下賤《げせん》なことを強いられたのか。それを尋ねようとすると、サルマーンのほうが先に心配でたまらないように口を開いた。

「ノゾム様。ノゾム様がこの庭の奥にある宮殿に入っていかれるのを見たという者がいるのですが、それは本当ですか？」

ファラーシャマハルのなかでのことは他言してはいけないことになっているが、見た者がいるのなら、通っていることは隠しようがない。

無言で頷くと、サルマーンが顔色を変えた。

「まさか第四王子様のお話し相手としてですか？」

望は答えずにいたが、それが答えになっていた。

「アッラーよ！」

サルマーンは眸を強張らせて、両手を胸の前で揉みあわせた。

「ノゾム様、すぐに日本にお帰りになってください。どうか、一日も早く」

「待ってくれ。急にどうしたんだ？」

「これまでムスタファ様のお話し相手を務めた伽人は、ひとり残らず死んでいます。殺されてしまうのです」

――……ムスタファの仕業ということか？　いや、それはあり得ない。俺は人の言葉より、自分が肌で感じたものを信じる。

「ムスタファは、そんなことをする人じゃない」

長い沈黙ののち、サルマーンが望に身を寄せてきた。そしてほとんど消えそうな声で囁く。

「これは絶対に誰にも言わないでください……ナイルス様のご指図なのです」

「……、……え？」

「ナイルス様は、ムスタファ様と親しく交流なさった方を生かしておかないのです」

その話はさすがに受け入れることができなかった。望は苦笑する。

「まさか——あのナイルスが」

「本当です。実際に手を下しているのは、ハッサン殿です」

サルマーンの眸を染める必死な真摯《しんし》さに、望の頬は硬く締まっていく。

「ハッサン殿は酷い方です。ナイルス様とノゾム様が以前のように親しくなるのは好ましくないと、僕にノゾム様を誘惑するように命じたのです」

確かにハッサンは、大学時代からナイルスと望の親密さを快く思っていない様子だった。

しかしだからといって、あんなかたちでサルマーンを利用するなど、やりすぎだ。それに、もしサルマーンの言うとおり殺人を犯しているのだとしたら、完全に狂っている。

「だけど、どうしてムスタファの伽人を務めた人間を殺す必要があるんだ？」

「ムスタファ様と親しくなった伽人が、ナイルス様への謀反《むほん》を企てる者たちに情報を流したり、加担したりしないためです」

「ナイルスへの謀反——そんな話があるんだ？」

「軍部にも国民にもナイルス様の執政に賛同できなくて、ムスタファ様を擁立してベノールを造りなおしたがっている者が多くいます……ナイルス様が国王様の代理になられてから国民への締めつけは厳しくなるばかりです。だから、あのファラーシャ様の血を引くムスタファ様が希望になっているのです」

望はティールームの時計を見た。もうすぐナイルスが訪れる時間だ。

あのナイルスが殺人を指示し、ハッサンがそれを執行しているという。

それは日本で時間を共有していたときのふたりからは、まったく想像のできないものだった。

正直なところをいえば、サルマーンが虚言のつもりはなく、ただ悪い噂《うわさ》を信じ込んで忠告してくれたのではないかと思う——いや、そう思いたがっている自分がいた。

——でも、俺はナイルスを信じきれないでいる。

ベノールに来てから逆に、ナイルスという人がわからなくなっていた。

ムスタファへの扱いを納得できない。アリーの家族の話によれば、四年前のクーデターの始末として第二夫人とその子供たちは公開処刑にされ、以降、処刑は見せしめの行事と化しているという。サルマーンの言葉からみても、ナイルスが民衆を圧迫する政策をとっているのは事実なのだろう。

サルマーンに内密にと言われたからには直截的なことは訊けないが、いまのナイルスをしっかりと正面から見据える必要があった。

——もし……。

もし真実と向きあって、ナイルスが許容できないかたちになっていたとしたら、自分はずっと胸に抱えてきた恋を終わりにしなければならなくなる。

それを思うと、心臓がひどく軋《きし》んだ。

暗い想いに囚われている望とはうらはら、ティールームに現れたナイルスは実に晴れやかな顔をしていた。侍女が紅茶と菓子を運んでくる。

たわわに葡萄《ぶどう》の生《な》った樹の模様のステンドグラスが嵌め込まれた大きな窓。その横に置かれた長椅子に並んで腰掛ける。

「ハッサンがアブドゥラから聞いた話によると、ムスタファはずいぶんと落ち着いてきたそうですね。望のお陰です」

そっと手を握られる。

親しみと感謝を込めた仕種、手の甲に口づけを贈られた。心臓に甘いときめきと冷たい不安が同時に波紋を拡げる。

このまま片目を瞑って甘さだけを感じていたい誘惑を、望は退ける。

「……ナイルス、訊きたいことがあるんだ」

「なんですか？」

「この国の民主化が進んでいるようには、俺にはどうしても思えない……ナイルスはどういう考えで、この四年間をすごしてきたんだ？」

じっと見つめると、ナイルスの顔が強張った。低くて硬い声で訊き返してくる。

「民主化する必要が、どこにあるのですか？」

「……それは、だって、ひとりひとりが豊かで自由に生きられるように」

「豊かで、自由」

眸に拒絶と蔑みが滲む。

「民主主義という価値体系は、あれでひとつの宗教です。それはアッラーの教えとは並び立たない。長い海外留学のなかで、それこそわたしが学んだ真実です」

なにかの聞き間違いだと思いたいのに、ナイルスが言葉を続ける。

「民衆は、富によって傲慢《ごうまん》になり、自由によって堕落します。神の教えより、日々の享楽ばかりを追い求めるようになる。あんな醜悪がベノールに拡がることを赦すわけにはいきません。だからわたしが、宗教と経済の厳しい拘束によって、愚かな民が道を踏み外さないように導いてやるのです」

「………」

自分とともにすごした大学時代、ナイルスは品のいい笑顔を表面に張りつけたまま冷めきった目で日本という国を見ていたのだ。望のことも、堕落した愚かな民衆のひとりと見なしていたのだろう。

ナイルスの思想そのものも受け容《い》れられなかったが、それ以上に、彼が完璧《かんぺき》に本心を包み隠して自分に接していたことに望は強いショックを受けていた。

――俺はいったい誰に、長いあいだ恋焦がれていたんだ？

目の前にいる、この男ではない。

しかしこれこそがナイルス・ベノールという人間の本当の姿なのだろう。

望が手を退こうとすると、ナイルスが手を握り締めてきた。

表情が急速にやわらいでいき、いつもの理知的で穏やかな微笑が浮かび上がる。しかしそれはもう、望の目には偽りの仮面にしか見えなかった。

微笑むかたちの目に嵌められた眸が、実は硬い排他的な光を宿していたことに、望はいまさらながらに気づかされる。

――この四年で変わったんじゃない。会ったときから、この目をしてた……。

ナイルスの手のなかで、望の手は激しく震えていた。

「……そんなに教義が大切なら、どうして俺をベノールに呼んだんだよ。俺はナイルスとキスしたことがある、宗教的な過ちを犯した相手じゃないか」

「神も特例を作ります。たとえば預言者ムハンマドにのみ、四人まではなく九人の妻帯を赦したように」

　――めちゃくちゃな考え方だ。

　強引に抱き締められる。

「可愛い望。わたしのために、この身をなげうってムスタファを手なずけてくれていたのでしょう」

　――……初めから俺の気持ちを利用するつもりで、ベノールに呼んだのか。

　痛みとともに理解する。

　――きっと……本当、なんだ。

　ムスタファの伽人として雇われた者たちが生きてベノールを離れられないというのは、それがナイルスとハッサンによる処置だというのは、本当なのだ。その確信が悪寒とともに強まっていく。

　――俺がバカだった……ナイルスとムスタファの橋渡しをしようなんていい気になって……どんなにムスタファがまっとうになっても、ナイルスは彼を解放する気はないんだ。

「ムスタファを、どうするつもりだ？」

　もがいて身体を離すと、ナイルスの目がなにかを探るように細められた。凝視されて、望は思わず目を逸らす。

　ナイルスが悩ましげな溜め息をついて語る。

「あれは、本当に厄介な存在です。八年前に第三夫人のファラーシャが暗殺されたとき、ベノールの各所で暴動が起こり、軍内部も分裂し、国は乱れました。彼女の息子であるムスタファを手にかければ、また軍や民は荒れるでしょう。だからもう少しのあいだは生死を曖昧《あいまい》にしておいて——わたしの執政が完璧なものになってから処分します」

絶句している望の頬に、ナイルスの指が這う。

「望、これからもわたしを助けてくれますね?」

7

「望《のぞむ》」

ぼんやりしてしまっていたらしい。ペルシャ絨毯のうえに山積みにされたクッションに身を凭せていた望は、呼ばれて我に返る。

傍らの寝椅子では、横になったムスタファがむっつり顔をしていた。

「望はもう俺を赦さないのか?」

一週間前、大きな出来事がふたつあった。

ひとつはムスタファに尖塔内で無理やり身体を弄ばれたこと。

そしてもうひとつは……ナイルスの本当の姿を知ってしまったことだ。

「こうして毎日来るぐらいには赦してる」

その答えに、ムスタファが顔と身体の強張りをほどく。そうしてソファから手を伸ばして、望の側頭部の髪をひと束摘んで引っ張った。

ねだられるまま、唇を重ねる。

――ムスタファは半分は日本人だ。日本でなら自由に暮らせるのに……。二十二歳のハーフとして。確かにこの外見だと目立ちまくるだろうけど、ムスタファは日本が大好きだから、きっと馴染める。

そんなことを考えて、またぼんやりしてしまっていた。

キスの反応がないことが不満だったらしい。ムスタファはわずかに顔を離すと、潤んだ目を鋭くした。

「最近、変だ。なにを考えてる？　悩みでもあるのか？」

これまでの伽人たちを殺害したのがナイルスとハッサンだったことも、ファラーシャが明るい方向に導いていたベノールという国がナイルスによって闇に堕《お》とされつつあることも、幽閉の身のムスタファに告げても酷なだけだ。

知らないでいれば、残りの日々をこのまますごすことができるのだ。

ナイルスが異母弟の処刑を命じるまでは。

望は掌できつく胸元を押さえた。

喘息の発作に見舞われているときのような苦しさを覚える。身体が震える。

「本当にどうしたんだ、望っ」

ムスタファが寝椅子から降りて、望の肩を手でさする。

「具合が悪いのか？」

望は赤くなった目で王子を凝視する。

目の前にいるこの青年を、どうすれば助けられるのだろう？

思わず口走りかけてしまう。

「日本に……」

日本に一緒に行かないか?、という言葉を呑み込む。

自分の力ではどうやってもムスタファを日本へ連れていくことは不可能だ。日本どころか、ファラーシャマハルの敷地からすら出してやれない。

そんなできもしないことを口にしても、ムスタファに不自由な現実をつきつけるだけだ。日本の普段の生活のなかでも、ままならないことはいくらでもある。けれども、ここではまるで自分が蟻《あり》ほどの存在になったような気がする。

ムスタファがひどく低めた声で問い質す。

「日本が、どうしたんだ?」

「……すまない。なんでもないんだ」

「まさか」

ムスタファがなにか呟いたが、それは低すぎて聞き取れなかった。

望は背中が丸まるほど深く項垂れた。

絨毯のうえに散らばっている何枚もの紙。それらには大きくアウトプットされた漢字が並んでいる。

——いくら日本のことを教えても、ムスタファが日本に行ける日は来ない。未来はない……。俺はムスタファの気を紛らわせる道具として、ナイルスに使われてる。……このまましゃ、俺はナイルスの共犯者も同然じゃないか。


「夜の八時に、いつものところで」

部屋に飲み物を運んできてくれた侍女がひっそりと耳打ちしてくる。彼女は厨房勤務のサルマーンからの伝言を引き受けてくれている。

伝言どおりに庭の植え込みへと向かう。ここで彼と接触するのは、この半月で四回目だ。そのたびに帰国を促された。ムスタファの伽人とはいえ、ナイルスと親しい望なら一時帰国というかたちでなら国外に出られるのではないかと言う。

だが、ナイルスが自分を特別扱いするかどうかは怪しいところだった。

それに帰国は、ムスタファを突き放し、見殺しにすることと等しい。

わざと遠まわりして庭を長く歩き、あたりに視線を配って人目がないことを確認してから、望は植え込みの陰へと身を滑り込ませた。

だが、今日そこにいたのはサルマーンではなく、望は思わず声をあげそうになった。その口をぶ厚い男の手で塞がれる。顎の大きく張った長身の男は、「お静かに。自分はサルマーンの代わりに来ました」と早口に囁いた。

男は名をサイフといい、ベノール国の軍部に所属している者だった。部隊をいくつか任されている幹部だ。

なぜそのような男が自分に接触してきたのか。警戒したままそれを問うと、逆に質問を返された。

「望殿、あなたはなぜ帰国しないのですか？　その理由次第で、自分の目的も変わります」

「……」

「命の危険を感じるゆえに帰国できないでいるのなら、自分がなんとか国外に出られるように手助けします」

その申し出に、まったく心が揺れなかったといえば嘘になる。だが、頷けなかった。

「部外者の俺が、国政のことに口を出せないのはわかっています。でも、ムスタファのことを——第四王子のことを見殺しにはできない。だから帰国はしません」

本心を語ると、サイフはいかめしい顔を大きくほころばせた。

「ああ、アッラーよ。この異国の者を遣わしたもうたことを感謝します！」

サイフの話によると、彼の父親はいまは亡き第三夫人の警護隊長を務めていたのだという。サイフの父はファラーシャの人となりを敬愛し、息子たちにもその聡明さと行動力をよく語り聞かせていた。そのためサイフも父に倣《なら》って軍に入り、彼女の警護部隊に志願した。

「自分の目の前で、ファラーシャ様は凶弾に倒れられました。暗殺者はその場で自害しましたが、第二夫人が差し向けた者だったとみて間違いないでしょう」

その第二夫人と彼女の子供たちは四年前にクーデターを起こし、粛清されている。

「ファラーシャ様がおられたころに比べて、いまのベノールは暗く沈んでいます。もうすぐ敷かれる新しい法令と宗教規範は、恐怖政治に繋がるものでしかありません。国家自体は油田と鉱脈で潤っていますが、街の生命線である水道設備や病院の補修工事すらまともにおこなわれない状態が続いています。それなのに国税は上がる一方なのです」

ナイルスは、ファラーシャが活躍するより前の時代へと時計の針を戻そうとしている。その針が戻りきる前に、ムスタファを新国王として擁立したいのだと、サイフは必死の面持ちで語った。

「ですが、いまのムスタファ様に我々の願いを正しくお伝えするのは困難です。そこで貴殿に頼みたい。国民の悲願をムスタファ様にお伝えし、王として起つご決意を促してほしいのです」

「ムスタファを、国王に……」

それは、ナイルスがもっとも恐れているシナリオだった。

「『アッラーフ　アクバル』という一筆とご署名のみで充分です。ムスタファ様のお心を文字というかたちにして、我々にお渡しください。さすれば、我々は決起し、かならずや正しいことをおこないます」

アッラーフ　アクバル——それは一日五回の礼拝時に流されるアッザーンの冒頭に繰り返される文言《タクビル》だ。

神は偉大なり。

そこから誓いと祈りは始まるのだ。

二週間後には決起の準備を完璧に整えると、サイフは言っていた。

あれから四日がたつが、望はまだそれをムスタファに伝えられずにいた。

自分が伝えることで、一国にクーデターが起こりかねないのだ。多くの血が流れることになるかもしれない。もしクーデターに失敗すれば即時、ムスタファは処刑されるだろう。

この四日間、懊悩《おうのう》は一秒たりとも望から離れなかった。食欲はなく、夜も眠れない。うたた寝しているときですら、心臓はずっと苦しく締めつけられていた。

ナイルスは今日から三日の予定で、中東の一国へと発《た》った。母方の叔父であるその国の王が崩御したためだ。ハッサンは同行せずにベノールに残った。

いまこうしてファラーシャマハルの二階の回廊の窓から見下ろせば、中庭でアブドゥラとハッサンが立ち話をしているのが見える。いったいなにを話しているのか気にかけつつ、ムスタファのところへと向かう。

今日もまたサイフの言葉を伝えるかどうかを選択できず沈黙がちにすごしていると、ムスタファがついに苛立ちを剥き出しにした。

望のシャツの胸倉を掴み、揺さぶる。

「俺になにを隠してるっ？」

「……、……なにも」

「嘘をつけっ」

ムスタファは激しく舌打ちすると、ついてくるなと怒鳴って部屋を出ていった。

望は床に山積みになっているクッションのひとつに拳を叩き込んだ。

自分はただの翻訳家だ。それが、どうしてこんな一国の命運を分けることに関わっているのか。

このままクーデターのことを伝えなければ、ムスタファはいつかナイルスに命を奪われることになる。

クーデターが成功すればムスタファは助かる。だがその場合、ナイルスや彼を支持する者たちはどうなるのか。

「俺にどうしろっていうんだっ」

殴るだけでは足りなくて、クッションを力いっぱい投げる。すると投げた先で声があがった。

「うわぁっ」

望が投げたクッションが、ちょうど部屋に入ってきたラシッドの脚にぶつかったのだ。彼は手にした盆のうえのグラスを慌てて掴んだ。

「すまない、ラシッド」

慌てて立ち上がろうとすると、少年は笑顔で首を横に振った。

「平気だよ。ほら、座ってて。ヨーグルトの飲み物をハメットが作ったんだ」

ラシッドは跪くと、盆を床に置いた。

トルコブルーのグラスには、薄紅色に染まったヨーグルトドリンクがそそがれている。

「薔薇が入ってるんだって」

持ち上げたグラスを鼻に寄せると、確かに薔薇のいい香りがする。

飲み物は香りが強いわりに癖がなく、とろりとしていて冷たかった。乱れていた気持ちをやんわりと包み込んでくれる。一気に飲むと、底に小さな薔薇の蕾が現れた。砂糖漬けにしてあるらしい蕾は、口のなかでほろほろと花弁を崩した。

「すごく美味《おい》しかったよ。ありがとう」

感情を少し爆発させて、薔薇の優しいエキスを取り込んだせいか、いくらか気持ちが落ち着いていた。

望がすっきりした表情になったのが嬉しいらしく、ラシッドはにこにこする。

「アブドゥラもハメットも俺も、ノゾム様に感謝してるよ。ノゾム様が来るようになってから、ムスタファ様は明るい顔をするようになったよ。前は、いつもここに皺を立ててた」

ラシッドが人差し指の先で、自身の眉間を縦になぞる。

「でも、相変わらず水煙草を吸って、苛ついてることが多いけど」

「それはきっと心配してるんだよ」

「心配？」

「これまでの伽人みたいに、急にノゾム様が来られなくなっちゃうんじゃないかって。毎日毎日心配で、だからあんなに煙草を吸っちゃうんだよ」

――……そうか。これまでの伽人たちは急に来なくなったんだな。

ナイルスの指示で、ハッサンの手にかかったのだ。

「ノゾム様ほど親しくなった人はいないけど、ムスタファ様は伽人が来なくなるたんびに、すごく暗い顔をするんだ」

ムスタファは、自分の伽人たちが命を落としたらしいことに、薄々気づいているようだった。

以前、無断で一日休んだときのことが思い出された。彼は尖塔の階段で望に無体を働いたが。

――あの時も俺がほかの伽人みたいに殺されたんじゃないかと、心配だったんだな。

「……ムスタファはどこに行ったのかな」

「さっきハメットのところにいたよ。一階奥の厨房だよ」

「そうか。迎えにいってくるよ」

ラシッドが満面の笑みで、大きく頷く。

ムスタファが置かれている状況やこの国のことについて、ふたりできちんと話しあおう。できるだけいっぱい話をして、そしてサイフの言葉を伝えるのだ。

ただの伝言役として彼に丸投げするのではなく、必要とあらば彼の相談相手になりたい。彼が自分の身を案じてくれているように、自分も厳しい彼の現実に真剣に向きあいたい。

そう自然に思えていた。

もしもムスタファが自由の身になれたら、その時はラシッドもアブドゥラもハメットも、ここから出られる。ラシッドは会いたがっていた家族に、二年半ぶりに会うことができる。

横の寝椅子に手をついて床から立ち上がろうとした瞬間、視界がぐらりとした。足の裏に力を籠めて踏みこらえようとすると、今度は床がぐんにゃりとたわむ。

「…ぅう」

上下左右がわからなくなる感覚に、上げかけた腰ががくりと落ちる。

「ノゾム様っ――ノゾム様」

少年の声が波打つ。

ラシッドの腕を擦り抜けるようにして、望の身体は床へと崩れた。


手首が痛い。脇腹の筋も皮膚もぐんっと伸びきっている。無意識のうちに足先を動かして、なんとか床を捉えようとする。爪先の皮膚に、ひんやりとした粗いおうとつが触れる。湿度の低い冷ややかな空気を肌で感じる……熱んだ肌で。

痛みと冷たさを感じているのに、唇から漏れる吐息は甘くて熱っぽい。身体の芯に痺れがある。

――俺は……。

思い出せそうで思い出せない空白ののち、ラシッドの笑顔と薔薇の香りのする飲み物が、ぽかりと泡のように浮かび上がってきた。

――あれを飲んで倒れたのか。

次第に意識がはっきりしていく。

ムスタファと正面から話しあい、そしてサイフの言葉を伝える。そう決めたのだった。たくさんの時間があるわけではないのだ。いますぐにでもムスタファと話したい。

妙に重たい瞼を上げる。

昼のファラーシャマハルは巧みな採光によって、どの部屋も明るい。だが、ここは夜のように暗かった。光を求めて焦点が合いきらない目を上げると、トルコガラスで作られた赤黒いオイルランプが、天井から鎖で吊るされていた。それが唯一の光源らしい。

初めて目にする場所だった。床も壁も、研磨されていない黒灰色《こくかい》の石を四角く切り出したもので組まれている。なんの装飾もない木製の扉の表面は傷だらけでみすぼらしい。

部屋の隅にはマットの敷かれていない木のベッドが置かれていて、薄い毛布が一枚ぐしゃりと丸まっている。

……もしかすると、気を失っているあいだにファラーシャマハルの外に連れ出されたのだろうか？　そんな不安が募りはじめたころ、扉の蝶番がひどく耳障りな音をたてた。望は一瞬緊張に身を強張らせたが、すぐに安堵する。

「ムスタファ」

呼びかけた声は、しかし音にならなかった。もう一度口を動かしてみて、口に布を詰められて紐を嚙まされていることを知る。それを取り除こうと口許に手をやろうとすると、手首にひどい痛みが拡がる。両腕を上げるかたちで手首にいかめしい鉄枷《てつかせ》を嵌められていた。その枷は天井から垂れる鎖に繋ぎとめられている。

無理にうえを向いたせいでバランスを崩し、爪先が床から離れる。

手首に全体重がかかり、宙吊りになった身体が伸びきる。肩の関節が悲鳴をあげた。

絹のガウン一枚に包まれた腰を強い手に掴まれる。そこから生まれる浮力のぶんだけ、肩と手首の負担が減る。

「ン…ンン、ン」

これを外せと訴えて蠢く唇に、ムスタファが唇を載せてくる。

彼の伏せられていた睫がゆっくりと上がり、黒い視線が近すぎる位置から望の眸を突き刺す。

「日本になんて、帰らせない」

なにを言っているのかと、望は目をしばたく。

「伽人はベノールから出られないはずなのに、あのナイルスをどうやって懐柔したんだ？　媚《こ》びて、命乞《ご》いして、日本に帰らせてもらえるようにしたのか？」

ムスタファが大きな思い違いをしていることに気づく。

「日本に一緒に行かないか？」という言葉を言いかけてやめたことがあったが、ムスタファはそれで、望が日本に帰ろうとしているのだと思い込んでしまったのだろう。

訂正したいのに、むぐむぐとくぐもった音しか発することができない。なんとかわかってもらおうと首を横に振る。

「嘘をつくなっ」

青年の掠れた怒声が石造りの空間に響く。

支えてくれていた腰の手が外されて、また苦しみが訪れる。ムスタファの手が乱暴に腰紐の結び目をほどいた。なめらかな絹織の布が重力のままに垂れる。両の乳首のあたりまで、身体の中央部分が縦に晒される。

「ン…?」

視界の下部でぬっと存在を主張しているものがあった。

訝しく眉をひそめて視線を下ろした望は、おのれの肉体の異常に目を瞠《みは》る。

気を失っているあいだに弄ばれでもしたのか、赤く色づいた陰茎は臍に届くほど反り返っていた。表面の皮膚をぴんと張って、見るからに硬そうだ。

体感温度の涼しさに反して身体の芯が熟んでいるように感じられたのは、このせいだったのだ。

知覚してしまったせいか、露骨な劣情が下腹でぐつりと蕩けだす。不安定な姿勢のまま腰をよじり、内腿を擦りあわせる。

「ハメットの調合した媚薬はよく効くだろ？　ベノール後宮に引き継がれてきたレシピだ

からな」

ハメットの調合……あのラシッドが運んできた薔薇の入った飲み物のことだ。

ムスタファが右胸に唇を寄せてくる。ガウンの縁からわずかに覗いている火照った乳首に舌が伸ばされる。ビクッと竦む身体を抱きすくめられた。実を固く結んだ粒を舌先でくじられ、吸われると、そこから下腹へと快楽の太い痺れが流れ込む。

堪えられない体感に背を反らすと、今度はまるで蛭《ひる》のように乳首のつけ根に歯を立てられる。

熱い痛みがプツンと胸で弾けた。

ようやっと解放された乳首にもムスタファの唇にも、赤が滲んでいる。

ムスタファは腰を曲げて床へと手を伸ばし、そこに置かれていた碧《みどり》色の小瓶を掴み上げた。

「これも秘伝の媚薬だそうだ」

望の右胸へととろりとした香油が注がれる。ほのかに薔薇の香りがして……。

「ンン、ンッ‼」

天井と手枷を繋いでいる鎖が大きな音をたてるほど、望は身体をビクビクと跳ねさせた。

熱い。傷つけられた皮膚に香油が入り込み、本当に火を放たれたかのように肌の下が燃え爛れていく。

望の跳ねつづける腰を片腕で抱いて、ムスタファは今度は左胸に唇を寄せた。優しく舌で舐めさすられてから、肌を歯で破かれる。そこにたっぷりと香油を垂らされる。

「そんなに気持ちいいか？」

首を激しく横に振ると、ムスタファは淫らで猛々《たけだけ》しい表情を浮かべた。

「ベトベトに濡らして、振りまわして、恥ずかしくないのか？」

指摘されて、涙の滲む目でおのれの身体を見下ろす。胸では粒が真っ赤になって隆起し、周囲の肌までがかぶれたみたいに染まっている。そして下腹の茎は、指摘されたとおりの淫らなありさまになっていた。

ムスタファが手指で筒を作り、そこに望の性器を通す。触れるか触れないかの太さの筒を上下に動かされて、ほとんど視覚の卑猥さだけで望は新たな先走りを溢れさせた。わななく腰から逞しい腕がほどける。ムスタファは床に跪くと、望の両腿をひと抱えにした。その膨らみのある唇が性器の先へと接合する。陰茎のなかの管から蜜を啜り出されて、どうしようもなく射精感が高まっていく。

爆《は》ぜそうになった、まさにその瞬間、張り詰めた先端の脆《もろ》い皮膚に歯がめり込んできた。頭の芯がひしゃげるような痛みに身体中の筋が張る。そうして、小瓶が傾けられる。

「ンー！　ンン、ン」

必死に喉声で懇願して暴れるが、容赦なく媚薬をそそがれた。

亀頭に、見えない炎が宿る。

あまりの衝撃に腰がガクガクと震えて——快楽というよりショックのあまり、大量の白濁を噴き零《こぼ》してしまう。

塞がれている口では呼吸できず、小鼻をヒクつかせて懸命に空気を取り込もうとする。しかしそれでは追いつかず、意識が朦朧とし、身体がぐったりする。その力の抜けた腿のあいだに手を差し込まれた。会陰部を香油でぬるつく掌で撫でられる。指先が後孔をいじる。

「…！」

望は涙に濡れそぼった睫を、大きく震わせた。

体内に指を捻じ込まれたのだ。二本同時に。

香油を塗りたくられた粘膜が、炎熱に喘《あえ》ぎだす。なかで指が蠢くたびに、勃起《ぼっき》が収まらない性器の先から白濁混じりの先走りが溢れ、糸を縒《よ》りながら床へと滴り落ちる。

ゆっくりとした抽送のなか、指を根元まで挿れられて掌で股間《こかん》を持ち上げられる。すると、そのぶんだけ手首や肩の負担が減ることに気づく。途中からはもう、抜けないように内壁が指をきつく噛み締める。

無理やり指を引き抜かれた。

両膝の裏を手で掬《すく》われて、空中で「ん」の字の姿勢を取らされる。

全体重が腕にかかるよりはいくぶん楽だ。固く閉ざしていた瞼を上げると、異国の王子はその目を攻撃的な色情に染めていた。

双丘の狭間に、なにかを突きつけられる。ぬるぬるしていて硬い。それが、熱く疼く蕾に密着する。

先端をわずかに捻じ込まれたところで、それがムスタファのペニスだと気づく。

「ンゥ、ンゥッ」

声にならない声で嫌だと繰り返して、腰を左右に振りたてる。

繋がりかけていた部分が外れて、亀頭で忙しなく会陰部を擦られる。奪う側と奪われる側と、本気で争いあうものの、拘束されている望に勝ち目はなかった。

香油まみれの細かな襞を丸く引き伸ばしながら、男の器官がズズッ…と侵入してくる。太く張った笠《かさ》の部分まで押し込まれる。そうするともう宙吊りの身では外しようがない。

「きつい…きつ、すぎるっ」

「ンウウ――ン…、ン……」

「奥までいっぱい開いて、俺を受け入れろ」

逃れようのないまま、下から侵入されていく。拓ききらない孔に焦れて、ムスタファは幾度も腰を荒く揺すり上げた。

内壁が伸びきって張り詰める。宙で脚がガクガクと震える。

幹のつけ根まで余すところなく挿入された。

「……ゥ」

ムスタファが早口で口走る。

「熱くて、ぎゅうぎゅうに、きつい——ああ、ああ…こんなの、おかしくなるっ」

まったく自制を失った様子で、王子が腰を振りだす。

望の悲鳴は口のなかの布にぶつかって喉へと押し返される。鼻だけではうまく呼吸できなくて、苦しさに身体が震える。しかしその震えはかえってムスタファに凄《すさ》まじい快楽を与えているようだった。体内の幹がいっそう膨張する。

肉が肉を穿《うが》つなまなましい音と衝撃に、混濁する意識を掻きまわされる。

忙しなく突き上げられて、望の膝から下は骨を失ったかのように激しく揺れた。

「望……逃がさない……俺の身体に繋ぎ止めてやる、一生離れられない身体に、作り変えてやる」

ほとんど怨讐といってもいいような言葉を鼓膜に沁《し》み込まされる。

肉体はつらいし、向けられる感情を恐ろしいと感じるのに、それらを裏切って、男を食べている粘膜がやわらぐ。繋がった器官が癒着する感覚。

ムスタファは腰をもどかしげにのたうたせると、双玉まで入りそうなほど深く繋がってきた。

膝裏から手を抜かれた。全体重が結合部分にかかり、望の身体は痙攣《けいれん》する。

「ぅ、望っ、ぁ、あ、……、…あぁっ…あぁーっ」

どくん、どくん、どくんと体内で幾度もの脈動が弾ける。

快楽を味わいつくす溜め息ののち、ふいに手首から痛みが去り、腕ががくんと落ちた。

望の体内に果ててなお硬い器官を挿《さ》したまま、ムスタファは質素なベッドへと向かった。

望はそこに仰向けに横たわらされる。両足を広い肩に抱え上げられる。

ふたたび激しく脚のあいだに腰を叩きつけられていく。

酸欠で霞《かす》む意識のなか、望は猿轡《さるぐつわ》をほどこうと噛まされている紐を引っ掻いた。すると、ムスタファが後頭部の結び目をほどいてくれた。口から唾液でぐしょ濡れになった布を引き抜かれる。

「う——ぇふ…」

口から息を大きく吸い込むと、肺が一気に新鮮な空気で満たされる。それが軋む痛みとなって、激しい咳が出た。咳と一緒に口から唾液が流れ出る。

その唾液を舐められ、そのままぐちゅりと口のなかに舌を入れられた。

また呼吸が苦しくなって……、それなのに望は忙しなく相手の舌に舌を絡めてしまっていた。擦れている上下の粘膜が、どろどろに蕩けていく。

結合部分から中出しされたものがねっとりと押し出されて、狭間から尾骶骨《びていこつ》へと垂れた。

「ん、ふ……や…ぁ」

無意識のうちに、望は股関節《こかんせつ》が壊れそうなほど腿を開いてしまっていた。

そのせいで動きやすくなったのか、重たい双玉で臀部を激しく打たれる。

我慢できなくて、望は両手で自身の性器を掴んだ。びっくりするぐらい熱く、がちがちに強張っている。それを握って、ムスタファの律動に重ねて、根元から先端へと扱き上げる。

——……もっと、もっと、痛いぐらいに。

媚薬と劣情のせいで燃えるように疼いている亀頭の溝に指を差し込む。そこでヒクついている尿道の口を傷つけるように爪でほじる。

「……っ、んぅっ」

呆けた顔を晒して達しようとすると、しかし深部から一気にペニスを引き抜かれた。

突然空っぽになった場所が、奥まで丸く口を開いたままわななく。身体をうつ伏せに引っくり返された。背後から腰を抱き込まれる。

「ぁー、あっあ！　——ひ、ぅ」

ゴリゴリと雄を呑み込まされながら、望の茎は押し出されるように白濁をだらだらと零していく。その打ち震える肉体を容赦なく犯し、ムスタファがうわ言のように呟く。

「こんな、ああ……すごい、っ…もっと……もっと早くに、しておけば、よかった——こんな幸せな」

汗ばんだムスタファの手が、背後から両の胸を這いまわる。

乳首を指で押さえ込まれた。

媚薬の沁みこんだ傷口がドクドクする。

望の気管支が笛のような細い音をたてる。

死を身近に感じるときにも似た極限状態が、いつ果てるともなく続いていく。


「大丈夫ですか？」

ぼんやりと目を開くと、アブドゥラが痛ましげな顔で覗き込んできた。

すでに、あの殺伐とした石造りの部屋からは運び出され、やわらかなベッドに望は横たえられていた。意識を失っているうちに清拭《せいしき》されたらしく、肌のどこにもべたつく感触はない。

いまだに体内に太すぎる異物を挟まされているような強い違和感がある。全身が重くてだるい。乳首と性器と身体のなかの粘膜がビリビリと痛んでいる。

「勝手を申しますが、どうか王子を赦して差し上げてください」

「……」

望は強張る唇で問う。

「――ムスタファは、これまでの伽人たちにも、あんな拷問みたいなことを繰り返してきたんですか？」

「いいえ。肉体関係を結ばれた方はいましたが、あの地下室にお入れになったのは、初めてでございます……この二年ほどは、ご自身も近寄らなかったほどで」

「あの部屋はなんなんですか？」

使われた手枷や鎖は年季が入っており、天井には人を宙吊りにできるように留め具がしつらえてあった。部屋自体も怨憎の念が沁み込んでいるような、不気味な空間だった。

「あそこは、かつて王子が暮らされていた場所です」

「…え？」

「四年前、このファラーシャマハルに幽閉されることになった王子は、初めの一年半をあの地下室に閉じ込められてすごされたのです。クーデターを起こした第二夫人たちと通じていたのではないかという嫌疑をかけられて……王子は、扉をさまざまなもので叩き壊そうとし、最後はそこに頭を打ちつけて、涙されておられました」

部屋の木の扉の表面がひどく傷んでいたことを、望は思い出す。

自然光の一滴も届かないあんな狭い場所に一年半も閉じ込められていたら、自分だったら発狂するのではないか。

「まさか、あの手枷や鎖は」

「王子に使われていたものです。天井から吊るされて、鞭打《むち》たれたのです」

「……」

「わたしどもは、なんとか王子を逃がそうといたしました。けれど失敗し、ラシッドの前任の下働きをしていた少年が見せしめに罰せられました。王子の目の前で役立たずの目だと両の眸を潰され、役立たずの口だと舌を切り取られたのです。そうして最後には絶命いたしました」

いつも穏やかな表情を浮かべているアブドゥラの顔が、疲弊と悲痛にたるむ。一気に、十歳も二十歳も年老いたように見えた。

「その時を境に、王子は暴れることをやめ、地下室から出ることを赦されるようになりました。王子はよほどのことがない限り門にすら近づこうとしません。それは、わたしやハメットやラシッドに害が及ぶことを懼《おそ》れているからなのです」

「――――」

なにか言おうとしたけれども、言葉が出てこなかった。

ムスタファの苦しみは、いくら想像力を働かせても把握できるものではない。

「ノゾム様、ハッサン殿にはくれぐれもお気をつけください。あの方は、ナイルス王子の益しか考えません。そして、わたしにはハッサン殿がノゾム様を邪魔にしているように感じられるのです。今日も、ナイルス王子が国を離れているあいだ、ノゾム様をファラーシャマハルに閉じ込めておくようにと」

ハッサンは、確かに自分を陥れようとしている。

初めはサルマーンと姦淫《かんいん》させようとし、次はムスタファに投げ与えたわけだ……今回のムスタファの暴挙はあくまで望との関係性で起こったのであって、ハッサンの意図とは関係ないものに違いなかったが。

いまも昔もハッサンにとって望は、敬愛する王子を惑わせる邪魔者なのだ。

ナイルスがどう考えているかはわからないが、少なくともハッサンは、この先ムスタファが処刑されることがあれば、望のことも殺すのだろう。これまでの伽人たちと同じように。

——俺自身にとっても、猶予はないと思ったほうがいい。

望はギシギシと軋む身体を無理に起こした。

「今晩は、このままお休みになられたほうが」

「俺は、大丈夫。ムスタファと話をしたいんだ」

二階の廊下を、壁に手をつきながら歩いていく。

ムスタファはどこにいるのだろうか。さすがにこの身体で尖塔に上るのはつらすぎるから、そこではないことを祈る。

飾り格子の嵌められた窓の桟に手をつく。なにげなくそこから中庭を見下ろした望は瞬きをした。花の輪郭を象《かたど》った埋め込み型の大きな噴水。その少し高くなった縁に闇に紛れるようにして黒衣の男が立っていたのだ。

望は眉をくっと上げると、力の入らない重い足腰を叱咤して歩きだす。階段を下りて回廊を通り、ムスタファの背後にまわり込むかたちで中庭へと出る。

足音で人の気配を感じているだろうに、黒い後ろ姿はぴくりとも動かない。

青みがかった月明かりにほのかに照らされる、オレンジ色と水色のモザイクタイルが敷き詰められた中庭。そこに落ちる青年の影の頭の部分を踏んで、立ち止まる。

望が口を開こうとすると、しかしムスタファのほうが先にぼそりと言った。

「俺は後悔してない。謝らないからな」

「……」

一瞬腹立ちが込み上げたが、見れば青年の落とされた手は拳を固く握っている。

開き直ることができない王子様に、望は思わず口の端を緩めた。サンダル履きの足を前に三歩出す。そうして掌を前にして、両手を胸の高さに上げる。

盛大な水音と飛沫《しぶき》が上がった。

「な、なにをするっ」

頭までびしょ濡れになったムスタファが、臍のあたりまで深さのある噴水に浸かって、こちらを睨み上げる。

望はしゃがみ込み、噴水の縁に手をついた。

「これで赦してやる」

「……」

ふてくされたような、安堵したような、複雑な表情をムスタファがする。

彼が水に濡れた髪をうざったそうに掻き上げると、いつも髪を縛っている紐がほどけて、水面に浮かんだ。

黒いつややかな髪が流れ落ちる。そうすると、どこか少年じみたやわらかさが、冷たさと熱さの混じる顔立ちを縁取った。

月の幻惑か、いまのムスタファの姿に会ったことのない少年のころの彼の姿が重なって見える。

十四歳で母親を殺されて、十八歳からはこの小宮殿に閉じ込められた。

地下室で味わった気の狂いそうな閉塞《へいそく》感。

自分のせいでもたらされた下働きの少年の無惨な死。

いつ死が訪れるか知れないなか積み重ねていく、無為の日々。

不条理としかいえない現実を狂わずに乗り越えてこられたことこそ、ムスタファの魂の強さなのだと思う。

少年のようにも青年のようにも見える王子が、足元に来て、見上げてくる。濡れた手に髪を掴まれる。俯かされた。

唇が触れあう。

かすかに触れあったまま、訴えられる。

「……一回でも二回でも、多く、したい」

毎日のように帰り際に強いられたキスの切実さが、いまになってわかっていた。

自分の命がいつ終わるのか、望の命がいつ終わるのか、彼はいつも恐れていたのだ。

望はそっとムスタファの髪を撫で、そのまま頭を両腕に抱く。首筋に温かな吐息を感じる。

「望」

押し殺す声が振動になって、身体にも心にも響いてくる。

「いなくならないでくれ………頼むから」

異国の水に映る月が、青年の震えに輪郭を乱す。

「大丈夫だよ」

胸に湧《わ》き上がってくる想いのままに、望は口を動かした。

「絶対に、いなくならないよ」

長い恋は完全に枯れ、代わりに新たな愛が満ちていた。

8

ティールームの長椅子に、望《のぞむ》とナイルスが並んで腰掛けてから、もうずいぶんと時間がたっていた。ナイルスのカップにそそがれた紅茶は一度も口をつけられないまま湯気を消していた。彼は眉間にかすかな皺を刻んだまま黙り込んでいる。

望がティーカップを置くとき、ソーサーと触れてカタカタと音がした。その緊張の震えを、ナイルスは見逃さなかった。

「わたしになにか隠しごとがありませんか?」

「……そんなのあるわけがない」

深く二重の入った目に凝視される。

望は眸が揺れないように、懸命に眼窩《がんか》に力を籠めた。

疑念を解かない表情のまま、ナイルスが先に視線を逸らす。そうして砂糖壺からスプーンで薔薇のかたちを象った白砂糖をひとつ掬い上げて、琥珀《こはく》色の液体へと落とし込む。しかし冷えた液体のなかで、薔薇はそのままのかたちを保った。

彼らしくない苛立った舌打ちをして、硬い横顔が唇だけを動かす。

「ハッサンに聞きました」

「……ハッサンに、なにを?」

「わたしがベノールを離れていた三日間、ずっとファラーシャマハルに入り浸っていたと。夜も帰りたくないと、あそこに泊まったそうですね」

——確かに、泊まったけど。

ナイルスが国を離れているあいだ、望をファラーシャマハルに閉じ込めたのは、ほかならぬハッサンだった。

「違う。あれは」

「嘘は聞きたくありません」

冷ややかな声に、望は身体を硬くする。

ナイルスはスプーンで溶けない砂糖をザクザクと突き崩していく。跳ね返った紅茶がソーサーに零れ、ナイルスの服の白い袖に染みを作る。完全に薔薇のかたちが失われると、ナイルスはスプーンをローテーブルの天板へと放った。

ナイルスの手が望の顔にかかる。指先が頬にめり込む。

「望。怒りませんから、本当のことを話してください」

「————」

「ムスタファとは、どういう関係なのですか?」

「どういうって、ナイルスが望んだとおりに話し相手をしてる」

「丸三日もべったりと、なにを話すことがあったのです」

「……日本のこととか。いろいろだよ」

「いろいろ、ですか」

ナイルスのすらりとした指が、望の唇に触れてくる。

「この口で、話す以外にムスタファとなにをしたのですか？」

品のいい調子の喋り方のせいで、かえって卑猥な意味合いが際立つ。

「なにも――なにも、してない」

「ナニをしていないのですか？」

ゆっくりと容赦なく追い詰められていく。

急にナイルスの顔が近づいてきて、望は咄嗟に顔をそむけた。唇のすぐ横に唇がぶつかる。

驚きに目を瞠る望を、ナイルスが傲慢に詰《なじ》る。

「なぜ逃げるのです？　ずっと、わたしにこうしてほしかったのでしょう」

「……」

顎の骨を砕かんばかりの力で望の顔を固定すると、ナイルスがふたたび顔を寄せてきた。

唇にきつい圧迫感が起こる。

ナイルスの唇が大きく蠢き、そこから現れた舌が望の唇をぬるぬると舐めまわす。その舌が強引に口のなかに入ってこようとした。

「っ」

歯を食いしばって侵入を拒み、望はナイルスの肩口を強く押した。唇が離れる。

あんなに焦がれていたはずのナイルスの唇を与えられたというのに、望の心も肉体も拒否反応しか示さなかった。

距離を空けようとする望を抱き寄せて、ナイルスが囁く。

「最近、軍部のなかで不穏な動きがあるそうですが、まさかその口でわたしを陥れる算段をしていたわけではないでしょうね？」

心臓がばくりと跳ねる。

「望、わたしは君がわたしの味方だと信じればこそ、ムスタファの相手を任せたのです。裏切りは、赦しません」

「……裏切るわけ、ないだろ」

「そうですか？」

「ああ」

「それなら信じられるように、証拠を見せてください」

「証拠？　──っ」

ふいに肩を掴まれて床に突き飛ばされた。唐草模様に織り上げられたカーペットに尻餅《しりもち》をつく。前髪を掴まれた。ナイルスの開いた脚のあいだに連れ込まれる。

「その口がわたしを裏切っていないという証拠を見せなさい」

卑猥な言葉を口にすることなく、すべきことを指示された。

「ナイルス、でも……」

「できないなら、裏切りがあったものと見なしますが」

そう判定されたら、自分はもとより、ムスタファがどんな罰を受けることになるか知れない。


——しないと、ならないのか。

ナイルスを、長いあいだ好きだった。

こういう行為を夢想して自身を慰めたこともあった。

ナイルスとはできない行為として、ゆきずりの男でしたこともあった。

望はぎこちない手で、ナイルスの白いカンドゥーラの裾を掴んだ。その裾をそろそろと上げていくと、締まった脹脛《ふくらはぎ》が露わになる。カンドゥーラの下には下着代わりの絹の腰布が巻かれていた。腰布の重なりを開いていく。

男の器官がぬっと現れる。それはすでに、いくぶん角度を持って膨らんでいた。

……かつて想像のなかだけでも興奮を得たはずなのに、いまナイルスの劣情を目の前にして、望は強い抵抗を感じていた。それどころか嫌悪感すら覚える。

深く睫を伏せて、割礼によって剥き出しになっている亀頭に唇を寄せる。

ほんの一瞬口づけて、すぐに顔を引いてしまう。しかし、ただそれだけの行為で、鼻先のペニスはぐぐっと大きさと角度を変えた。

哀願する目でナイルスを見上げるが、赦してはもらえなかった。

「わたしに疑われたままで、いいのですか？」

——ムスタファのためにも、疑いを解かないと。

望はおずおずと手を伸ばして、幹を掴んだ。そして角度を調整して、舌を差し出す。ちろちろと先端を舐める。先端の溝から溢れる生温かい蜜が、舌の表面を流れた。嫌だったけれども、無理やり舌を動かしつづける。

括《くび》れや裏の筋にまでも、たどたどしく舌を這わせていく。

ナイルスがひどく気持ちよさそうに息を乱した。

「望の誠意を、もっと深く見せてください」

——もっと、深く…。

望は唾液にまみれた唇を丸く開くと、そこにナイルスの陰茎を通した。歯を立てないように気をつけながら口腔へと男を招く。

「む…ふ」

含んだものが、舌を圧迫しながら硬さを増していく。唇の輪をぎっちりと開かれる。苦

しさに目の縁を赤く染めながら、望は懸命に口を蠢かす。

やはり射精まで導かなくてはならないのだろうか。

「ん、ん…っ」

なにも考えないようにして、ひたすら舌を動かし、頬を窄《すぼ》めて幹を吸う。

口からたつ濡れ音が卑猥な湿度を増すにつれ、惨めな気持ちが嵩んでいく。

愛撫が鈍くなると、ナイルスが前髪を掴んできた。頭を揺さぶられて、さらなる奉仕を強いられる。長いストロークで、根元から先端までを口腔で扱かされる。

「うーっ、うぅ、ンンん、っ、っ、っ」

喉の奥を亀頭で何度も突かれる。

一方的な支配欲を叩きつけられていた。

――俺は、なにを……。

虚しさが頂点に達したとき、口のなかにほとんど塊といっていいような濃密な体液をぶつけられた。

唇を外側に捲りながら、満足したペニスがゆっくりと引き抜かれる。精液を吐き出そうとすると、掌で口を塞がれた。

「呑みたいでしょう。赦します」

「――」

生理的嫌悪に耐えながら、望は喉を何度も何度も上下させた。

ようやっと呑み終えると、ペニスを鼻先に突きつけられた。

「綺麗にしなさい」

やわらみかけたそれを、舌で磨かされる。

ナイルスが満足げな笑みを浮かべて、望の頭を撫でる。

「もうすぐ、名実ともにわたしの治世が訪れます。望はこれからもわたしを支えるのですよ」


「望、よく持ち込めたな」

青いマーブル模様の万年筆を握り締めて、ムスタファが感嘆のまなざしを向けてくる。

「持ち物を確められるのに、どうやって隠したんだ?」

ハッサンの持ち物のチェックは入念だ。ペンを隠せる場所など、そうそうない。異物を含んでいた粘膜がむずりとして、望はちょっと顔を赤らめる。

筆記用具を持ち込むにあたって、ほかの方法も考えた。

ファラーシャマハルにはときおり見張りが巡回にやってくる。その見張りに見つからないように門の鉄格子から筆記用具をなかの誰かに手渡すのが、もっとも楽な方法だ。

しかし、万が一にも手渡すところを見つかったら、自分のみならず相手にまで罰が及ぶ。

そう考えて、もしバレても自分の一存で勝手に持ち込んだ、と言い張れるかたちを取ったのだ。

「なにか、長めの紐はないか？」

「この髪を縛ってる紐と同じのならある」

「ああ。一本欲しいんだ」

ムスタファがやわらかくなめされた革紐を持ってくる。望は紐を万年筆のフックに二重に結びつけて堅く結ぶ。そうして紐の端と端を結びあわせる。

それをムスタファの首にかけてやる。

「この万年筆は蓋のところをまわさないと開かないから、こうしていれば落ちない。普段は服の下に隠しておけばいい——気持ちが固まったら、紙切れにでいいから、あの言葉を書いて署名するんだ。そうしたら俺がサイフに届けるから」

「……ああ」

三日前にムスタファを新国王として擁立したいと願う人たちがいることを告げたとき、彼はいまと同じような複雑な表情を浮かべた。

望はベッドに腰掛けているムスタファの隣に腰を下ろす。

「まだ迷ってる？」

そう声をかけながらしかし、望のなかにも迷いがあった。

ふたりでこの国の現状について話し合い、考えられるだけのことは考えた。その結果、確実に誰も傷つけずにすむ方法はないという結論に至った。

ムスタファが苦しそうに言う。

「俺はここから出て、自由にはなりたい。でも、王になりたいと思ったことは一度もない」

「でも、統治者になったら、この国を変えていける。君のお母さんみたいに」

「母みたいに？」

望に向けられた眸には、悲哀と怨嗟が籠もっていた。

「母は俺といる時間を削って国民のために尽くした挙句、それが目障りだと殺された。結局は、誰も母を守れなかった。俺はそんな国民も軍人も――神も信じていない。信じていないものを担う意味がわからない」

「……」

当時十四歳のムスタファにとって、国民は母を奪うものであり、軍人は母を守れなかったものであり、神は母を救わなかったものだったのだ。

いや、何歳になっても、愛する家族が不当な死を迎えれば、周りを恨むものかもしれない。

ただ生きながらえるためだけに無責任に国王になることを選べない、そんなムスタファの不器用な純粋さを、望はとても愛《いと》しく感じる。

――俺は、どうしたほうがいいとも言えないけど。でも……。

横に座る二十二歳の青年の手を、そっと握り締める。

「ムスタファが国王になっても、ならなくても、俺は一緒にいるよ」


まだ夜明けのアッザーンも聞こえてこない未明。

王宮内に満ちた慌ただしい気配に、望は目を開けた。ベッドに横になったまま耳をそばだてる。気配は鎮まるどころか、次第にざわめきが増していくようだった。

火事かなにかでも起きたのかと、不安になって起き上がる。夜着のうえにガウンを羽織り、ドアを開けて廊下を窺う。

そこにはひとつの人影もなかったが、確かに離れたところから人々の声や行き交う足音が聞こえていた。それを頼りに、望は薄暗い廊下へと歩きだす。幾度も角を曲がって進んでいくと、突き当たりに大きな両開き扉のある廊下へと行き着いた。

その壮麗な扉の向こうから、騒ぎが聞こえてくる。自然と足音を忍ばせながら廊下を歩く。扉の両面にまたがって、巨大な浮き彫りがほどこされているのに気づく。

――ベノール王室の紋章か…。

サルマーンに案内してもらったとき、この紋章がある扉から先は国王の居住エリアだと教えられた。後宮もこの奥にあるのだという。

扉の合わせ目が少し開いていることに気づき、隙間に目を寄せる。

緋色の絨毯が敷かれた廊下には、こんな早朝とは思えないほど多くの人がいた。国王の側近たちとともにハッサンの姿もあり、彼は声を張っていた。

「国王陛下ご崩御の報《しら》せを、これより近隣諸国をはじめとする各国要人にお伝えします。本日午後の祈りののち、葬礼を執りおこなうことといたします」

――国王が、亡くなった？

『もうすぐ、名実ともにわたしの治世が訪れます』

――ナイルスが言ってた言葉は、こういう意味だったのか。

あまりに驚きすぎてしばし呆然としたものの、望は眉をくっと上げた。

国王が亡くなったということは、新国王が起つということだ。

望は自室へと廊下を辿り返し、部屋には戻らずに庭へと出た。そして、例の背の高い植え込みへと向かい、その陰に身をひそめた。

予想は正しかった。ほどなくして、サイフがさっと長躯《ちょうく》を滑り込ませてくる。彼は望を見ると、緊張感の漲《みなぎ》る顔に笑みを浮かべた。

「ありがたい。来てくださっていましたか」

「……決起の前倒しを望まれるのではないかと思ったんです。違いますか？」

硬い声で問うと、サイフが眸を輝かせた。

「そのとおりです。ナイルス様が国王になってからまずすることは、ファラーシャマハルの警護の強化でしょう。下手をすると、ムスタファ様を別所に監禁することもあり得る。……二日前倒しになりますが、国王の葬礼で浮き足立つ今日こそが決起の日だと、自分は考えます」

イスラム教では人が亡くなった場合、死後二十四時間以内に土葬されることになっている。最後の審判には現世の肉体のまま甦るとされているため、遺体が腐敗しないよう早急に葬るのだ。

ベノールのような厳格なイスラム教国では、それが貴賤に関係なく遵守《じゅんしゅ》される。

「確かに、今日は葬礼の準備と執行に、国王とナイルスの周辺の人たちは追われることになりますね」

急に迫ってきた現実に、まだ気持ちが追いついていない。なんとか冷静になろうと、胸をグッと拳で押して、続ける。

「さっき、午後の祈りのあとに葬礼を執りおこなうと、ハッサンが言っているのを聞きました」

「それまでになんとか、ムスタファ様からのお言葉をいただきたい」

「――俺は、ムスタファがなにを選んでも、それを尊重します」

本心を告げると、サイフが顔を曇らせた。

「それは、国王にならないという選択もあるということですか？」

「そういうこともあり得ると思っていてください」

サイフと別れるころ、夜明けのアッザーンが流される前に、国王崩御の報せが高塔《ミナレット》から朗々と発せられた。

望は広大な庭を抜けて、ファラーシャマハルへと急いだ。

鉄格子の門が見えてきたところで、慌ててイチジクの木の陰に隠れる。いつもは滅多に鉢合わせることのない巡回の見張りの姿が門の前にあったのだ。

不穏な動きがないか、見張りを強化しているのだろう。

サイフはムスタファがほかの場所に移されて監禁されることを心配していた。もしそうなったら、ムスタファはまた閉塞感と苦痛に満ちた生活に引き戻されることになるのだろう。自分は伽人としてですら、彼と逢《あ》えなくなるのではないか？

想像するだけで、胸が張り裂けそうにギシギシと痛む。

――俺は嘘つきだ。

ついさっき、ムスタファがなにを選んでもそれを尊重するとサイフに言ったばかりだったが、それは大嘘だった。

――俺はムスタファに、命の心配などしないで、いろんなものを見て聞いて書いて、大きな世界で生きてほしい。

その想いを抱えたまま、望は見張りが去った門へと向かう。

呼び鈴もないため気づいてもらえるか心配だったが、十分ほどたったところで横の庭にラシッドが姿を現した。遠目に視線が合う。望が手で右肩で結ばれている髪のジェスチャーを送ると、ラシッドは大きく頷いて小宮殿へと消えた。

ほどなくして、ムスタファが建物をまわり込むようにして現れた。

父の逝去を、夜明けのアッザーンの前に流された報せによって知ったのか、あるいは王宮からの使いによって知らされたのか。彼の表情は暗かった。

鉄格子を挟んで対面する。

「……ムスタファ、お父さんのことは残念だった」

「俺をここに見棄《す》てつづけた父だ。なにも残念じゃない」

望は鉄柱のあいだから手を伸ばして、彼の強張っている手を握った。

「こんなときに、大きな選択を迫って、すまない」

「……」

「国王になるか、ならないか、いまここで決めてくれ」

切れ長の目がきつく眇められる。唇は一文字に横に引かれたままだ。

「ムスタファの言葉があれば、サイフが同志たちとともに動く」

望は片手をスラックスのポケットに入れ、そこから四つ折りにしたノートの切れ端を出した。

「決意するなら、これに一筆をくれ」

ムスタファはそれをすぐに受け取ろうとはせずに、喘ぐように顎を上げた。その目が砂にぼやりと濁る朝焼けの空を見る。

彼の睫を激しく震わせているのは、吹き下ろしてくる風なのか、それとも自分と国の運命を変えることへの葛藤《かっとう》なのか。

近くにいて手を重ねているのに、彼を孤独へと突き放しているような焦燥感に駆られて。

告げるべきか告げざるべきか、いまのいままで迷っていた想いを、望は伝えた。

「俺はムスタファに、ベノール国王になってほしい」

「アッラーフ　アクバル　ムスタファ・ベノール」

ノートの切れ端に書かれた力強く流れる文字を、サイフは噛み締めるように発した。

ベノール国第四王子にして第二王位継承権を持つムスタファは、第一王位継承者であるナイルスへの叛逆《はんぎゃく》を決意した。

「望殿のご協力に、深く感謝します。葬礼の場にて計画を遂行いたしますので、あなたは客室のほうで報告をお待ちください。自分たちはアッラーの威光により、完璧に目的を成し遂げます」

サイフは眸を燃やして、庭の植え込みから去っていった。

しばし時間を置いてから、望も植え込みをあとにする。

――報告を待ってなんていられない。

国王となってほしいと望が告げたことが、ムスタファの決意にどれほどの影響を及ぼしたかは定かでない。

しかし、こうしてクーデターを取り仕切るサイフとのパイプ役を果たした以上、望も完全にこの件の当事者だった。もしクーデターが失敗に終われば、最悪の処分を受けることになるだろう。ナイルスは決して望の裏切りを赦さないはずだ。

――俺はこの目で見届けたい。……もしムスタファに危害が及ぶようなら、できる限りのことをしたい。

戦闘能力もない自分にできることなど、ほんのわずかだろうけれども。

客室に戻ってしばらくすると、ナイルスが訪れた。驚きと後ろ暗さに、心臓が竦む。

「父が早朝に亡くなりました」

彼の表情はとても数時間前に父親を亡くした人とは思えないほど、穏やかで晴れやかだ。

「アッザーンの前の報せで、知ったよ。——つらいだろうけど」

望の言葉に、ナイルスが言葉を被せる。

「ようやく、わたしの真の治世が訪れます。望にはこれからはわたしの身のまわりのことをしてもらいます」

——身のまわりの？

ナイルスは、ムスタファから望を引き離し、自分の手許に置くつもりでいるらしい。しかしそれはきっと愛情ではない。望を都合よく使うつもりでいるのだろう。

腰を抱かれ、唇を重ねられる。父を亡くしたばかりだというのに、ナイルスは舌を使ったキスをしてきた。撥《は》ね退《の》けたい気持ちを抑えて、望はそれに応えた。

そうして取り入っておいて、濡れた唇のままねだる。

「俺も、葬礼に参列したい」

甘えるように、腕に手を這わせる。

「ナイルスがこの国の王になる大切な一歩を、どうしても見たいんだ」

「望」

ナイルスが満足げに目を細める。

「いいでしょう。葬列には近隣諸国の統治者たちも訪れます。望も彼らの顔を覚えておくといい」

「ありがとう、ナイルス」

抱きつくと、ねっとりと抱き返された。耳許で囁かれる。

「望、君のすべてを王になったわたしに捧げてもらいます」


午後の礼拝が終わってからすぐに、ベノール国王の葬礼はおこなわれた。

急なことであったのに、王宮に寄り添うように建つ壮大なモスクは、中近東の統治者たちはもとより、肌の色の異なる国の統治者やその代理、また石油ビジネスに携わる者たちで溢れ返った。

大小の円が連なる様子が曼荼羅《まんだら》を彷彿とさせるドーム型の天井。

天井からは、ゆるやかな螺旋を描く巨大な鋼の棒が宙吊りにしてあり、それにはオイルランプが鈴生《すずな》りに提げられている。

高くそそり立つ壁や柱を彩る、繊細で多彩な紋様のモザイクタイル。無数の尖塔アーチ窓に嵌め込まれたステンドグラスを突き抜ける陽光は、幻想的な色に染まっている。

説教壇《ミンバル》は、白大理石で造られていた。十段ほどの階段を上って高みにある教壇にいたる構造だ。階段の手前にある門には、天国への扉を模したように白いドアが嵌められている。気が遠くなりそうなほど手が込んでいながら、華美とは異なる宗教的静謐《せいひつ》さに彩られた空間だ。

サイフは、葬礼の際にクーデターを決行すると言っていた。

望はモスクの隅から、祭礼用の長椅子に並んで腰掛けている国賓級の弔問客たちを見まわす。

ここで銃撃戦が繰り広げられるようなことになれば、彼らは確実に巻き込まれる。壮麗なモスクが血の海を湛《たた》える様子が思い浮かぶ。その血の海には、自分のものも混じっているのかもしれない。

人々が着座してしばらくすると、コーランの詠唱が聞こえてきた。地位ある弔問客たちが死者に敬意を示すために長椅子から立ち上がる。ほかの者たちは床に跪いた。望もそれに従う。

静かで重い波のような詠唱が近づいてくる。

モスクの扉から、純白のカンドゥーラのうえに金糸銀糸の刺繍をほどこされた白絹のビシュトとゴドラを纏ったナイルスが現れた。すでに新国王としての威光を放っている。彼のあとに導師《イマーム》とハッサンが従い、それから長い葬列が続く。国王の遺体の入った棺《ひつぎ》が、棺架に載せられて担がれてくる。

イスラム教における葬儀は日本のそれとは違い、しめやかに涙する、というものではない。むしろ涙は魂を旅立たせる妨げになるものとして禁じられている場合が多く、喪服という概念もない。

とはいえ、そういう文化的な違いを差し引いても、この葬礼は国王の人生の裏表紙を閉じるというより、新国王の表紙を開くという意味合いが大きいように、望の目には映った。だが、葬礼の最後に開かれるのは、この国のもうひとつの物語の表紙なのかもしれないのだ。

それを知る者が、いまこのモスク内に何人いることか。

懼れと期待に、望の身体の芯はわななく。

棺が説教壇の門の手前に用意された台のうえに安置されると、導師は棺と弔問客たちとのあいだに立った。望の周囲の者たちが立ち上がり、直立する。

「わたくしは葬礼のタクビールを、アッラーに捧げます。アッラーを賛美したてまつり、御使いに対する恩恵を祈り、また故人に対するお赦しを祈願いたします。わたくしは顔をキブラに向けます」

導師がメッカのほうへと向き、葬礼は開始された。

「スブハーナカッラーフンマ　ワビハムディカ　ワタバーラカ・ムスカ……」

波打つ声で謳《うた》いあげるような朗誦が、モスクに響きわたっていく。

アッラーへの賛美の言葉と、アッラーのみが唯一無二の礼拝に値する存在であるという宣誓だ。

この厳かな葬礼が、いつ打ち砕かれるのか。

望の口のなかは痛いほど乾き、握った拳と項は汗にぬるつく。極度の緊張のなかで聴くアラブ特有の抑揚を持つ祈りに、船酔いにも似た体感が起こる。

しかし、そんな望の状態とはうらはらに、葬礼はつつがなく進んでいった。

――……まさか。

ふいに、強い不安が胸に衝き上げてきた。

――まさかクーデターの計画が発覚して、すでに頓挫《とんざ》しているのか？

もしそうだとしたら、すでにムスタファは謀反の罪で捕まっているのかもしれない。

一度考えてしまうと不安が乗算されていく。吐き気がするほどの悪寒が身体を這いまわる。

もしムスタファが捕まっているなら、こうしている場合ではない。一秒でも早く助けに行かなければならない。しかし、いまこの終盤に差しかかっている葬礼の席を抜けることはできない。

ついに、導師が朗誦を終える。

列席した一同が右側を向いて声を合わせる。

「アッサラーム　アライクム　ワラフマト・ッラー」

汝《なんじ》に平安と、アッラーの恩恵あれ――これを四回繰り返し、さらに左側を向いて四回繰り返す。

これで礼拝自体は終わりだ。

やはり、クーデターは失敗したのだ。

――ムスタファ…っ。

冷たい汗が背筋を流れ落ちていく。

本来ならこのまま遺体を墓地へと――この場合はモスクに隣接して建てられている王族用の霊廟《れいびょう》だ――に移す運びとなるのだが、急にナイルスが前に進み出た。棺をまわり込み、説教壇に通じる白いドアを開く。大理石の階段を上っていく。

国王を偲《しの》ぶ言葉と、弔問客たちへの労《ねぎら》いと感謝、そして新たな国王としての挨拶をおこなうつもりなのだろう。

ベノールの国王は政治的統治者であると同時に、宗教的指導者の役割をも担う。

説教壇の頂に立ったナイルスの顔は、慈悲深くも力強い表情を浮かべている。だが、彼の内面を知ってしまった望には、薄っぺらい仮面にしか見えなかった。

彼がこれから完成させようとしている国家は、極めていびつなものだ。民の生活水準を低く抑えつけることで経済的不自由を強い、宗教に縋らせる。同時に宗教戒律を厳しくすることで、民を心理的に国家に絶対服従させる。

そして、ナイルス自身は神から特例を与えられた神に類する存在となる。

――宗教の笠を借りた、独裁者だ。

説教壇に立つかつての想い人を、望は苦しい気持ちで見上げる。

と、突如、ドドド…と地響きがした。背後から無数の足音が押し寄せてきたのだ。

振り向いた望の目に、モスクの大きな扉が開かれていくさまが映る。

そして、そこから勢いよく溢れ出す人の群。

「アッラーフ　アクバル！」

左腕に翠色の布を巻いた男たちは、銃や刀剣を握り締め、口々に神の偉大さを高らかに叫び讃える。

サイフ率いる叛乱の部隊だった。

葬儀の護衛についていた兵と、叛乱兵たちが咆哮《ほうこう》をあげて激突する。鋼がぶつかりあう音が幾層にも重なって、モスク内に反響していく。

しばしの肉弾戦ののち、銃声が轟《とどろ》いた。

天井から螺旋状に吊り下がっているオイルランプが、甲高い音をあげながら立てつづけに砕けた。大小のガラスの破片やオイルが、鋭く光りながら四方八方に飛び散る。それらが下にいる者たちへと降りそそぐ。弔問客のあいだから呻《うめ》き声や悲鳴があがる。

開け放たれた扉から、熱い風がぶわっと吹き込んでくる。

濃い血の匂いを巻き込みながら。

クーデターが起こることを知っていた望ですら、あまりに直情的な争いの凄まじさに圧倒されて立ち尽くすことしかできなかった。

——俺は、わかってなかったんだ、なにも。

過酷な自然を生き抜いてきた砂漠の民の、信念を押し通す剛《つよ》さ。手段を選んでいる余裕などそこにはない。血の湿度さえも、熱風に吹き飛ばされていく。

列席者たちがパニックを起こして闇雲に逃げ惑いだす。

——これは、俺が引き起こしたことでもあるんだ……。

頭の芯が冷たく痺れる。

周りの喧騒《けんそう》とはうらはらに、頭のなかはシン…と静まり返っていた。説教壇を見上げる。ナイルスは、侮蔑を孕んだ表情で眼下の騒乱を見下ろしていた。だろうから、すぐに自分の威光に従う者たちが制圧するだろうと考えているのが、手に取るようにわかった。国賓級の列席者たちの負傷を気にしている様子もない。むしろ、この叛乱部隊の暴力行為によって、ナイルスの正当性が押し上げられると見越しているのかもしれない。

彼の唇の端が笑うように引き上がるのを見る。

静かだった自分のなかで、憤りの火花が弾けるのを望は体感する。ナイルスの胸倉を掴んで力いっぱい揺さぶり、心なさを糾弾《きゅうだん》したい。その衝動に駆られて、望は説教壇のほうへと向かいだす。横から走ってきた者に突き飛ばされ、誰かの足に足を取られて床に転ぶ。蹴飛ばされながらも立ち上がり、ふたたび説教壇を目指す。

——……え？

ナイルスの背後の壁にしつらえられている扉のノブが動いたように見えたのだ。凝視していると、やはりまた動く。次の瞬間、扉がバッと開いた。

そこから、鮮やかな翠色に金の縁取りがほどこされたビシュトを纏った青年が躍り出る。その右手に握られた短剣がぎらりと光を撥ねる。

ナイルスは後ろを振り返ると、大きくよろけて説教壇から落ちそうになった。仰け反りながら、顔面を蒼白にして叫ぶ。

「お前がなぜ、なぜここにっ⁉　誰か——ハッサン……ハッサン‼」

青年の腕がしなやかな素早い動きでナイルスの身体に巻きつく。

望は喉を震わせた。

「……ファ？　……ムスタファ」

間違いない。あの翠の衣を纏った長身の青年は、ムスタファだ。

「あ…」

無事でいてくれたのだ。

望が漏らした安堵の喘ぎはしかし、ムスタファの腕を大きく弾いた銃弾に凍てついた。ムスタファが苦痛に顔を歪める。腕から血が噴き出す。それでも彼はナイルスの首筋に当てた短剣を離さない。

望は説教壇へと走りながら、あたりに視線を走らせる。

そして、ムスタファへと銃口を向けている男を見つけだす。

ハッサンだった。だが、ナイルスに当たってしまうのを恐れたらしい。ハッサンは説教壇の白いドアを開けた。階段を上って距離を縮めてムスタファを狙うつもりなのだろう。

望は周囲の人間を撥ね飛ばす勢いで、まっすぐ説教壇へと向かった。その頃には、すでにハッサンはじりじりと階段を上り、五段目に足をかけていた。

ハッサンが撃てば、同時に短剣はナイルスの頸動脈《けいどうみゃく》を断つだろう。

ムスタファがナイルスを刺せば、同時にハッサンはムスタファの頭を撃ち抜くだろう。

互いの殺気が空気の濃度を重苦しく高める。

白い扉から階段へと入りながら、望は深い水のなかで動いているかのようなもどかしい体感を覚えていた。

ハッサンの背後に現れた望を見て、ムスタファが大きく目を見開く。その瞬間、緊迫感のバランスが崩れた。ハッサンの銃を持つ手の甲に筋が浮くのを望は見る。

銃声があがるのと、望がハッサンの背中に飛びかかるのと、どちらが早かったか。背中や頭を打ちつけながら、望はハッサンとともに大理石の階段を転がり落ちた。ふたりでもつれたまま扉から吐き出されて、床に身体を強打する。

先に立ち上がったのはハッサンだった。ふたたび階段を上っていこうとする彼を、走ってきたサイフが拘束する。

守護者を奪われて、ナイルスの顔が強張り、蒼褪《あおざ》めていく。

いつしかモスク内は静まり返っていた。

弔問の者たちの目も、警備の兵たちの目も、叛乱部隊の者たちの目も、説教壇に立つふたりの王子へとそそがれていた。

ナイルスは蒼褪めて俯き、ムスタファは高く顎を上げて眸を燃やしている。

深く息を吸い込み、ムスタファが強い声をモスクに響かせた。

「わたしは、ベノール国第二王位継承者である、ムスタファ・ベノールです。父のために、今日この場にお集まりくださった皆様に、深く感謝を申し上げます。同時に、このように国の恥部を晒し、貴殿方を危険に晒してしまいましたことに謝罪しきれない気持ちをいだいております」

そう告げると、ムスタファは軍人たちに、負傷者をすみやかに王宮に案内して宮廷医および軍医による治療を受けてもらうようにと指示を出した。

叛乱部隊に加わっていなかった兵士たちは逡巡《しゅんじゅん》を見せたものの、この場でなすべきことは明らかだった。

貴賤入り乱れた空間から、負傷者たちが丁重に連れ出されていく。初めは反目していたナイルス派の護衛とムスタファ派の叛乱部隊も、途中からは互いの負傷者に肩を貸した。

その様子に、場内に残った者たちも次第に落ち着きを取り戻していく。各国の重鎮たちも、長椅子に腰を下ろして、ことのなりゆきを見守っている。

ただ、そんな彼らも説教壇に目をやるときは、緊張に頬を強張らせた。

そこでは、ムスタファが後ろからナイルスを拘束し、首に短剣を押し当てたままだ。

最後の負傷者が運び出されるのを見届けてから、ムスタファはふたたび口を開いた。

「本日の決起が、決して王位を我がものにせんとして起こしたものでないことを、わたしはアッラーに誓います。第一王位継承者である兄、ナイルス・ベノールはこの四年間、国王代理として執政に携わってまいりました。しかし、彼は自分がアッラーの従順なる僕《しもべ》であることをよしとせずに、アッラーのご威光をあたかもおのれの力であるかのように信じ込み、民を虐げてきたのです。その傲慢な悪行を、唯一神が見すごされることがあるでしょうか？」

ムスタファがゆっくりと視線を巡らせると、心ある統治者は同意に明るい顔を晒し、独裁の心当たりのある統治者は後ろ暗さに顎を落とした。

それは最後の審判のありさまを望に連想させた。

長い沈黙ののち、ムスタファが厳しく断言する。

「そうです。アッラーは決して見すごされません。いまこうして、わたしの手に兄の命が預けられていることこそが、神の御心《みこころ》の証《あかし》です」

ムスタファは高らかに宣言する。

「わたしはアッラーの思《おぼ》し召しに従い、第十三代ベノール国王として即位することを、ここに表明いたします」

水面が凪《な》ぐような静けさ。

それを破って、叛乱部隊の者たちの拍手と歓声がワッと弾けた。

「ムスタファ様！　ムスタファ様！」

「ファラーシャ様の息子、ムスタファ様に神のご加護があらんことを！」

「アッラーフ　アクバル！　アッラーフ　アクバル！」

——本当に、ムスタファが……国王になるんだ。

次第に望のなかでも実感が込み上げてきていた。

——もう幽閉されずにすむんだ。生きつづけられるんだ。

潤んだ眸で見上げれば、神と民の承認を得た若き王が、高みから力強い笑みを投げかけてくる。

望もそれに、泣き笑いの顔で応えた。

前国王の棺を王族専用の霊廟に収めてから、ムスタファは王宮で治療を受けている弔問客たちを見舞った。彼らひとりひとりに、モスクで語ったことを繰り返して伝え、新国王としての挨拶をしていく。

その姿は、四年間も幽閉されていたとはとても思えないほど頼もしいものだった。

——ムスタファは母親を見て育って、その魂を受け継いでいるんだな。

望はしみじみとそう感じる。

胸のなかに温かくて眩しいものが満ちていた。

ムスタファの未来もベノールの未来も、きっと明るいものになるだろう。

9

「おはよう、ノゾム様！」

ラシッドがテラスに朝食を運んでくる。その明るい笑顔を眺めて、望《のぞむ》も笑顔になる。

「おはよう。家の人たちは元気にしてたかい？」

「うん。妹も弟もずいぶんと大きくなってたよ」

「二年半もたてば、それは大きくなるよ。ラシッドだって立派になったって、言われただろう？」

そう尋ねると、ラシッドは照れ笑いを浮かべて、こくりと頷いた。

ムスタファがファラーシャマハルから王宮に移ったのとともに、アブドゥラもハメットもラシッドも王宮へと移り住み、これまでどおりムスタファと望の身のまわりの世話を焼いてくれている。

ファラーシャマハルでは彼らも幽閉生活を強いられていたが、いまは自由に街に行くことができるようになった。ラシッドの生家は、王宮からさほど離れていない場所にあり、昨日はそちらで夜まですごしてきたのだ。

アブドゥラは新国王のもと侍従長に就任した。彼は侍女たちに不本意な仕事をさせないことを約束してくれた。サルマーンはアヴドゥラに目をかけられ、彼の手伝いをしている。ハメットは、国王専属の料理人として厨房で腕を振るっている。

ムスタファが国王となって一ヶ月がすぎていた。

ナイルス派の大臣や侍従、軍人たちに、いまのところ不審な動きは見られない。それは新体制に協力してくれる者は重用する、というムスタファの姿勢が功を奏しているのだろう。

かつて前国王第三夫人のファラーシャに賛同して国政に当たっていた各行政の執務官たちが、精力的に新国王に協力してくれている。

四年にわたって放置されていた公共のインフラ整備はさっそく着工され、毎週のようにおこなわれていた罪人の公開処刑も取りやめになった。

ナイルスによって厳しく不自由になっていた、宗教的戒律、女性たちの生活規範、税制や教育機関の制度など、これから見直さなければならないものは山ほどある。それらの一部は、ムスタファに意見を求められて望が口にしたものだった。

今朝もテラスで一緒に朝食を取りながら、ムスタファからいくつか質問をされて答えたのだが、望は少し不安になって本音を零した。

「俺の言うことはあくまで、いまの日本の価値観でよしとされていることだから、それをわかったうえで参考にしてほしい」

とろりと熟れたマンゴーを食しながら、ムスタファが怪訝な顔をする。

「急にどうしたんだ？」

「異文化の良識や常識を取り込むには、よく吟味して、手を加える必要があるだろう」

ナイルスは民主主義という価値体系自体がひとつの宗教だと言っていた。だからイスラムの教えと並び立たないのだと。

その時は異議を覚えたものだが、いざこうして混ぜようとしてみると、価値基準が二重構造になっていく危うさを感じる。

望はムスタファの手助けになりたいと宗教や執政のことを学んでいるが、学びが進むほど、その想いは強くなっていた。ムスタファの母であるファラーシャも、この壁にぶつかったに違いなかった。

「国民の生活を豊かにするというのを軸にして、ひとつひとつをいろんな角度から検討していかないとならない」

しかし、ムスタファは憮然《ぶぜん》とする。

「日本と同じになればいい」

「いくらムスタファが日本贔屓《びいき》だからって、それは駄目だよ」

「なんで駄目なんだ？」

「だって、ここはイスラム教国だ。日本とは違う宗教や文化がある」

「関係ない。俺はアッラーなんて信じてない」

望は思い出す。

『母は俺といる時間を削って国民のために尽くした挙句、それが目障りだと殺された。結局は、誰も母を守れなかった。俺はそんな国民も軍人も——神も信じていない。信じていないものを担う意味がわからない』

かつてムスタファはそう語った。

いまの彼がとても生き生きしているせいで、そんな怨嗟や不信感、厭世観《えんせい》からは解放されたのだと思い込んでいたのだけれども。

「でも、ムスタファはベノールの宗教的指導者でもあるわけだから、神の教えにできるだけ沿わないと」

「それなら、俺は望の価値観に沿う」

「え？」

テーブルのうえに置いた手を、ムスタファにぎゅっと握られる。

「俺は、なんでも望の思い描くとおりにしたい。望が理想とする国を創《つく》り出したい。それを望に捧げることだけが、俺にとっての価値あることだ。そして、いまの俺にはそれを可能にする力がある」

「……」

望のなかの靄《もや》のようだった不安が、くっきりとした輪郭を持っていく。

囚われの身から王という身分になりはしたものの、ムスタファの中身はなにも変わっていない。

自分なりの国への情熱や理念などという大義はなく、ただ望が口にする理想を叶えることにだけ意義を感じているのだ。

「——それは、国王として間違ったあり方なんじゃないのか？　わからないけど、国王っていうのは、もっとこう」

「俺は国王になりたくてなったんじゃない」

抗議の光が、若き王の眸に浮かぶ。

「忘れたのか？　望が言ったんだぞ。俺に国王になってほしいって」


「……、ん」

体内の奥底から、欲を放ちきった男の器官がずるずると退いていく。大きく張った先端が抜ける感触に、会陰部がわななく。

望は息を大きく乱したまま、ベッドの横の小机に置かれた布を手に取り、片膝を立てて自分の脚のあいだを拭った。けれどもわずかに開いたままの後孔からは止め処《ど》なくねっとりとした情液が溢れ、きりがない。仕方なく、粘膜に中指を差し込んで、深くに放たれた濃密な液を掻き出していく。

その卑猥な様子をムスタファにじっと眺められ、白濁に塗《まみ》れた蕾が羞恥にヒクつく。なんとか処理を終えて、ガウンを肩にかけながらベッドを下りようとすると、裸の逞しい腕にきつく腰を抱かれた。

「どこに行く?」

「部屋に戻る」

「駄目だ。朝までここにいろ」

「でも……勉強しないと。わからないことだらけなんだ」

「望は充分やってくれてる。無理をしすぎだ。ちょっと痩《や》せたんじゃないのか?」

アブドゥラやラシッドにもそう指摘された。ハメットは栄養価の高い食事を、望用に作ってくれている。

——無理をしないわけにはいかない。責任を取らないと……。

朦朧とした頭で考える。

ムスタファは自分のひと言によって王位に就いた。

自分のなにげないひと言が、国政に反映されていく。

一ヶ月ほど前にムスタファから理想の国を捧げたいと告げられてからというもの、望の懊悩は日増しに深くなっていた。ストレスによるものなのだろう。喘息の発作がときおり出るようになって、宮廷医に薬を処方してもらっている。

これまで執政などというものは、せいぜい選挙で議員を選ぶぐらいでしか関わることのないものだった。何百人もの国会議員や市会議員たちが決めたことを与えられ、それに不満や疑問をいだきつつ、受け入れていく。

それで日常が崩壊せずに続いていくのは、逆にいえば執政者たちなりに蓄えたノウハウを駆使し、欲得絡みながら適当に調整を加えているからなのだ。

ただ正論ばかりを積み重ねていっても、それを実行するのは生身の人間なのだから、うまくまわっていくとは限らない。

理想と現実の兼ね合いは、難解すぎる。

……気がつくと、ふたたび裸の青年王に押し倒されて、首筋を舐めまわされていた。冷めやらぬ劣情をほじくり返される。呼吸が乱れ、鼻腔にムスタファの香りが流れ込んでくる。発情の熱で強くなっている蝶香だ。

この香りを嗅いでいると、ふわりとどこかへ連れ去られそうになる。

難しい現実からだらしのない快楽へと流されかけたころ、ふいに首を這いまわる舌が動きを止めた。

ムスタファは望のうえで軽く上体を反らすと、顔に落ちかかる髪を邪魔そうに掻き上げながら、機嫌のいい猫のように目を細めた。

「サイフとも相談したんだが、明日の午後には決着をつけることにした」

急に言われて、望は小首を傾《かし》げた。

「決着って、なんのだ？」

「ナイルスとハッサンの、だ」

「……」

彼らはこの二ヶ月弱、王宮の地下室に、別々に監禁されていた。地下室といっても、ムスタファが閉じ込められていたようなものではなく、調度もそれなりのもので整えられている。

いまだ、彼らの処分は下されていなかった。

「もう、どういうかたちにするか決めてあるのか？」

「ああ。納得のいく、妥当なものだ」

「そうか……」

王位継承権剥奪《はくだつ》のうえ幽閉か国外追放、といったところだろう。

親しい友であり、想い人でもあったナイルスのことを思い、望はかすかに眉を歪めた。

「裁定の席に、望も同席するか？」

尋ねられて、迷った末に望は小さく頷いた。

「ナイルス・ベノールおよびハッサン・バーシムの両名に、アッラーの御名のもと、厳正なる処分を言いわたす。すなわち、それは極刑である」

導師の声が、地下に造られた部屋に響く。

兵士に肩を掴まれて床に跪かされているナイルスとハッサンの顔が、みるみるうちに色を失っていく。

そしてまた、導師とムスタファとともに裁定に立ちあった望の顔も、驚愕《きょうがく》の表情ののちに蒼褪めていった。

望は横に立つムスタファの腕を掴んで、揺さぶった。

「ムスタファ、待ってくれ。いまのは間違いだろ?」

「間違いはないが?」

「……だって、昨日の晩、納得のいく妥当な処分にすると言ってたじゃないか」

「だから、これがそうだ」

きっぱりと返された答えに、足元の床が崩れるようなショックを受ける。望の身体が震えているのに気づいたムスタファが、腰に腕をまわしてくる。抱き寄せられ、支えられる。

「四年前、ナイルスはクーデターを起こした父の第二夫人とその子供たちを極刑に処した。敗者には死を。納得のいく妥当なものだろう」

すでにナイルスに想いが残っていないとはいえ、彼が死刑になるのを見すごせるわけがない。

「ムスタファ、それは……それは違う」

「安心しろ。俺はナイルスほど残酷じゃない。公開処刑にしたりはしない」

「――」

絶句する望に笑みを向けてから、ムスタファは険しく厳かな表情で異母兄に問う。

「兄上。最後に思い残すことがあるなら、言ってみるといい」

ナイルスは血の気のない顔を上げ――くっと唇の端を歪めた。そして、望を見る。

「それなら、最後にもう一度、望の口で奉仕をしてもらいましょうか」

この場で口にするなど予想もしていなかった言葉に、望の身体はビクッと跳ねた。腰を抱いているムスタファには、それがじかに伝わったはずだ。

「――口でとは、なんのことだ?」

「品の悪い言い方でないと、野蛮な君には通じませんか――望はとても美味しそうに、その口でわたしの性器を頬張り、精液を飲んでくれたのです」

「ッ、ふざけたことを……、望を侮辱するために、よくもそんなでたらめをっ」

そのムスタファの激怒する様子に、ナイルスは異母弟が望に寄せる想いを確信したらしい。さらなる怒りを煽《あお》ってくる。

「ムスタファ。どうして望が、わざわざ日本からベノールに来てくれたと思っているのですか？」

「それは、俺の話し相手としてだ」

「違います。わたしの傍に来たかったからです」

ナイルスが昔そのままの、穏やかで品のいい笑みを浮かべる。

「望はずっととわたしのことを愛してくれていたのです」

ムスタファの肉体が一気に強張るのを、望は肌で感じる。

「彼はムスリムであるわたしを汚さないために、わざわざゆきずりの男たちを相手にして欲望を処理していました」

「………」

嘘だと言いたい。

けれども、ナイルスはなにひとつ嘘は言っていなかった。

すべて真実を口にすることで、確実に望を追い詰めていた。

否定できずに震える望の顔を、ムスタファが軽く腰を折って覗き込んでくる。憤りにぎらつく双眸《そうぼう》が、疑念に深く曇っていく。膨らみのある唇の端がきつく横に引かれる。

ナイルスが止《とど》めを刺す。

「父が亡くなったあとも、望はわたしに唇を赦してくれました。自分からも舌を絡ませて」

「望」

ムスタファの顔が苦しげに歪む。怒りと悲しみに充血した目に、涙が滲んでいく。

――確かに、初めのうちはナイルスと会えるだけで嬉しかった……でも、ムスタファに惹かれるようになって、ナイルスの真の姿がわかってからは、違う。フェラチオもキスも、ムスタファを守りたかったからなんだ。

心では懸命に言葉を繰るのに、望の唇はなにひとつ音を発することができなかった。

腰から震える手が離れていく。

「前言撤回だ」

ムスタファが低く唸るように言葉を吐いた。

「公開処刑をおこなう。次の月曜日、正午すぎの礼拝のあとだ。街の民を集めて、その前で処刑してやる！」

「ムスタファ……本当に、本当に悪かった。でも、信じてくれ。仕方なくやったことだったんだ」

湯浴みを終えて精悍《せいかん》な裸体に腰布のみを巻いて寝所へと入ってきたムスタファに、掠れ声で訴えかける。

望はこの四日間、ベッドの頑強な支柱に身体を何本ものよくなめされた革紐でぐるぐる巻きに縛りつけられてすごしていた。ラシッドに見張られながらのトイレと湯浴みのとき以外はずっと、ベッドのうえに座ったままだ。腕も一緒に縛られているため、手もまともに使えない。飲食もすべてラシッドの手を煩わせている。

ムスタファと接触できるのは、彼がこの国王の寝所に眠りに来るときだけだ。

望は一晩中、言葉を尽くして事情をつまびらかにし、謝罪しつづけた。けれど、ムスタファは赦してくれない。

それでも今晩こそは、なんとしてでも彼を説き伏せなければならなかった。

自分がいまはムスタファひとりを想っているのだということは、時間をかければいつかわかってもらえるかもしれない。

だが、それでは遅いのだ。

明日の午後、ナイルスとハッサンの処刑は執りおこなわれる。

……確かに彼らは罪深いことを重ねてきた。民が豊かになって自由意思を持たないように、経済的に搾取し、また公開処刑を見せつけることで恐怖と戒めを与えた。四年前のクーデターとは無関係だったにもかかわらずムスタファを離宮に幽閉し、ラシッドの前任の下働きの少年に無惨な死を与えた。さらにはムスタファの伽人たちの命までも奪ってきたのだ。

死が妥当だとムスタファが裁定を下したのも、改めて考えれば無理ないことと思えるほどだ。たとえばこれが日本の法廷であったとしても、極刑を下されるのではないか。

――……でも。

「頼むから、明日の処刑をやめてくれ……延期、延期でいいから。お願いだから」

ベッドに片膝を立てて座っているムスタファが、嫉妬《しっと》に狂ったまなざしで睨みつけてくる。

「まだ、ナイルスが恋しいのかっ」

「違う。違うって言ってるだろ。本当にナイルスへの恋愛感情はまったく残ってない」

「なら、どうして命乞いをする？」

「――それでも、大学生活をともにすごした友人だったことは変わらない……もし彼が死刑になったら、俺がベノールに来たせいだ。俺がここに来なければ、ナイルスは死なずにすんだことになる――――なにが正しいのか、俺にはわからない。でも後悔したくないんだ。俺はベノールに来て、ムスタファに出逢えたことまで、後悔したくないんだっ……頼むから、後悔させないでくれ」

目が熱く痛んで、頬を伝った涙が顎からぼとぼとと落ちていく。

ムスタファは噴き出す苛立ちを拳にしてベッドに叩きつけると、望へと覆い被さってきた。首まで背後の柱にきつく縛りつけられている望の顔へと、顔を寄せる。ほんの指一本ぶんの距離でムスタファは動きを止めた。

呻くように呟く。

「この口で、よりによってあいつを悦ばせたのか」

「……ムスタファ」

「望を責めたいわけじゃない――でも、望があいつのことを好きだったのが、嫌でたまらない。あいつが望に触れたと思うと、頭がおかしくなりそうになる。望が俺の立場が悪くならないようにやむなくしたことだって頭ではわかってても、この胸が荒れ狂うのを、どうしても止められないんだっ」

立派な体躯をした青年が、深く項垂れて、苦しみの塊を吐き出していく。

ムスタファが自分のことを思ってくれているのが痛いほど伝わってくる。

どんな理由があれ、彼をここまで傷つけてしまった事実が悲しくてたまらない。

象牙色の頬に涙が伝っていくさまに、胸を引き千切られる。

「…………ナイルスより先に望に出逢いたかった」

震える声で呟いたのち、ムスタファは俯いたまま、縁の粘膜が赤く腫れた目を上げて、望を見据えた。

「でもそれが叶わないなら、せめてナイルスを最初からなかった存在にするしかないだろ？」


一睡もできないまま、早朝のアッザーンが聞こえはじめる。

こちらにずっと背を向けて横になっていたムスタファも、一度も寝息をたてることはなかった。

寝所から出ていくムスタファの背中に、望は最後に訴える。

「それでも……死刑は、やめてほしい」

答えは返されることなく、扉が激しい音をたてて閉められた。

しばらくしてラシッドが、盆に朝食を載せて運んできてくれた。しかし望はジュースを数口飲んだだけで食べ物は拒んだ。

焦燥感が、一秒ごとに重く胸を潰していく。

あと三時間ほどで、ナイルスとハッサンの公開処刑が街の広場でおこなわれるのだ。激しい動悸《どうき》に胸と頭が軋む。

——なんとか抜け出して、止めにいきたい……。

このままでは取り返しのつかないことになる。

ふたりの人間の命が失われる、ということもだが、それ以上に、望はムスタファに人を殺すという選択をさせたくなかった。

ムスタファは頑是《がんぜ》ない子供のようなところがあって、それが傲慢にも映るけれども、その実は母親譲りのまともさと潔癖さを保っている。それは執政における細々とした判断にも明らかだった。

——ムスタファに、消えない瑕を負わせたくない。

いまは四年にわたる幽閉の怨讐と望に関する妬心《としん》で頭に血が上っているだろうが、いつか心が穏やかになったときに、今日の処刑はきっと彼を苦しめる。

見張りのラシッドには迷惑をかけるが、すべての咎は自分が負うと、あとでムスタファに申し開きをすればいい。それにムスタファが幽閉生活をともにしてきた少年を本気で罰せられるような人間ではないという確信もあった。

朝食から一時間ほどたったところで様子を見に来てくれたラシッドに、トイレで用を足したいと告げた。そうして拘束をほどいてもらって、隙を見て城を抜け出す算段だった。

抜け出したところでムスタファに訴えても無駄なのは目に見えているから、公開処刑がおこなわれる広場に潜伏し、いよいよとなったら飛び出して命懸けで止めに入る——それぐらいしかできることはないのだが、ここで処刑が終わるのを指を咥えて待っているよりは比べようもなく意味のあることだ。

しかし、ラシッドは申しわけなさそうに眉尻を下げた。

「ごめん、ノゾム様。ムスタファ様から、なにがあってもノゾム様の拘束をほどいたらいけないって、言われてるんだ」

「……そんな」

「でも、正午すぎの礼拝から一時間がたったら紐をほどいていいって。だから、少しの辛抱だよ。我慢できないなら、それ用の瓶があるから持ってくるよ」

気遣うラシッドに、望は力なく首を横に振ってみせる。

――正午すぎの礼拝から一時間後……それじゃ遅いんだ。

その頃には処刑は終わっている。

ラシッドが去ってから、望は天蓋つきのベッドをガタガタと揺らして全力でもがいた。しかし、やわらかくも強靭な革紐はいっそうきつく肌に食い込むばかりで、まったくほどける気配がない。

――どうすれば……っ。

焦燥感に追い詰められながら、部屋から出る方法を懸命に考える。胸が締めつけられる苦しさが起こる。その苦しさがヒントになった。

望は大きく息を吸い込むと、激しく咳をした。何度も何度も悲鳴じみた咳を繰り返す。

寝室の扉の前に立つ見張りの衛兵ふたりが異変に気づき、部屋に飛び込んできた。

そしてただならぬ様子の望を見つけ、咄嗟の判断で革紐をほどいた。望は座ったまま前のめりになるかたちで咳き込んでみせながら、ベッドの横にある小さなキャビネットを指差した。

「そこ、に、喘息の薬、がっ」

ひとりの衛兵が医師を呼びに走り、もうひとりがキャビネットから吸入薬を出して持ってくる。望はわななく手で吸入器を口許に当てて、薬を服用するふりをする。

そして駆けつけた宮廷医に、状態がおかしいので医務室で診察してくれるようにと頼み込んで、了承してもらった。

望はカッターシャツとスラックスに着替えると、靴に足を通した。寝室の端の長椅子にかけられていた青い絹織を頭まで隠すかたちで被り、衛兵に支えられながら医務室へと向かう。

医務室からどうにか外へと抜け出して、処刑場となる広場へと向かうつもりだった。

……しかし、医務室の傍まで来たとき異変が起こった。

数人の軍人がいっせいに廊下を駆けてきたのだ。彼らは衛兵を撥ね退けると、望に掴みかかった。抗うことも逃げることもできないまま、望は彼らに担がれ、連れ去られたのだった。

地から巻き上げられる砂塵《さじん》によって織られた、金色の紗布。頭上に拡げられたそれが、風に激しく波打つ。

その向こうで、空はすでに赤く焼け爛れていた。

苛烈《かれつ》な昼の時間を砂のなかですごす生き物たちも、もうすぐ活動を始めるだろう。このあたりの砂漠には猛毒を持つ蠍《さそり》が棲む。

王宮から連れ去られてジープに乗せられ、この砂しか見えない場所に捨て置かれた。彼らは元ナイルス派の兵士たちのようだった。主《あるじ》を惑わして死に追いやった異邦人に罰を与えるのだと、ジープのなかで彼らは言っていた。

与えられた罰は、砂漠での死だった。

砂のなかを彷徨い歩き、喉の渇きに苦しみ、時間をかけて死んでいく。

置き去りにされてからここまで、繰り返し繰り返し、自分の背丈の何倍もある砂山を登っては下ってきた。しかし視界の悪さも相俟《あいま》って、まったく前に進めている気がしない。いま下っている砂山と、さっき登りきった砂山は、本当に別のものなのか。もうそれすらもわからないほど、望は疲弊しきっていた。

鼻と口は頭から被っている大判の青い絹織で覆っているが、体内の粘膜にまで細かな砂がこびりついているような感覚だ。その砂に身体中の水分を奪われていく。

砂の谷底を抉った風が吹き上げてくる。

望の被っている絹織は風に煽られ、四つ端の飾り房が宙で躍り狂う。

眼球を、ざりざりとした痛みに埋め尽くされる。

もう目を開けていられなかった。

瞼をきつく閉じ、動かしつづけていた脚を止める。

立ち止まったことで、認めたくなかった現実に追いつかれた。

――………処刑は、もうとっくに終わった。

なにをどうしても取り返しがつかない。

――俺はムスタファに、兄弟殺しをさせてしまった。

ナイルスへの想いからベノールに来たときは、自分がこんな贖《あがな》いようのない事態に関わるとは夢にも思っていなかった。

もちろん自分がここに来なくても、国王は崩御し、ベノールの歴史は動いたのだろう。

でもそれは、このようなかたちではなかったのかもしれない。

――俺はこの国に……ムスタファに、なにをしてるんだ……なにをしたんだ。

ムスタファの兄への憎しみを増幅させ、ベノールという国のかたちにまで関与してしまっている。

そんな権限が、一介の翻訳家にすぎない自分にあるわけがない。

背負いきれない重圧に胸部が軋む。痛みに身体を丸めると、足の下で砂が流れた。それに抗うことなく、望は雪崩《なだ》れる砂とともに坂を滑り落ちていく。長いこと落ちて、行き着いた谷底。

ぐったりとうつ伏せになった望のうえに、雨のように砂が降る。

こうしていれば、そう時間を置かずに砂漠に呑み込まれてしまうのだろう。

起き上がろうとしたけれども、身体がとても重い。うつ伏せの身体を仰向けにするのが精一杯だった。

砂の底から空を見る。

「……ムスタファ……ムスタファ」

乾ききった唇と舌を動かすと、ピリピリと表面が裂けていく痛みが生じる。その痛みは胸にまでも到達する。

異国の王族として生を受けた、象牙色の肌と切れ長の目を持つ年若い青年のことを想う。

身体中から絞り出したかのように、目から涙がひと粒だけ溢れた。こめかみを伝っていく。

「好きだよ……本当に、好きだよ」

囚われの王子に心も身体も奪われた。

ベノールに来て、あまりにもいろんなことがあった。取り返しのつかないことも起こってしまった。

しかし、ムスタファに逢えたことだけは後悔していない。

彼のことが愛しくてたまらない。

……ここで死ぬのなら、ナイルスとハッサンを処刑したことは、自分が持っていってやりたい。そうして、ムスタファには新国王として、重い影を引きずることなく歩いていってほしい。

――ムスタファに人殺しをさせたのは俺だ。俺は、彼の傍にいたらいけない。

顔に砂が積もっていく。

深く息をついて瞼を閉じかけたその時、視界の端でなにかが動いた気がした。

「……」

刻々と姿を変える砂山の頂へと、目を上げる。夜行性の砂漠の獣が早くも活動を始めたのだろうか。たとえそうでも、いまの自分に抵抗する力は残っていない。

そのなにかが、砂を駆け下りてきた。

ごつりとした膝がアクセントになっている細くて長い四足。

――ラクダ？

確かに、それはラクダだった。

瘤《こぶ》のある背には布と座具が被せられ、人が騎乗している。

カンドゥーラのうえに、鮮やかな翠色に金の縁取りがほどこされたビシュトを羽織り、白いゴドラを頭に被っている。ゴドラを留める輪に縫い込まれたトルコ石がちかりと光を撥ねる。

居丈高に顎を上げたまま、象牙色の肌をした青年はラクダの背から望を睨みつけた。砂漠の陽射しをも吸いつくす、黒い眸だ。精悍な肉体の器に宿るのは、荒っぽさと硬さと、頑是なさ。

「…………、ムスタファ？」

力尽きる寸前の、幻影だろうか？

砂が流れ込んでくる痛みを感じながらも、その幻影を消したくなくて、瞼を閉じることができない。

ゆったりした裾を翻して、ムスタファは背の高いラクダから飛び降りた。そして殴りかかる手つきで望の被っている絹織を掴む。

引き上げられるままに、望は膝立ちになった。

目許に涼しい鮮やかさのある、それでいてやはりアラブの民の苛烈な気性を滲ませた顔が近づいてくる。

「望」

右の頬骨を大きく出した舌で舐められる。

幻にしては、なまなましすぎる感触だ。

「望が俺から離れないことが、これで証明された。ああ、アッラーよ。このお導きに感謝し、八年ぶりにあなたへの信仰の火を熾《おこ》しましょう」

異国の言葉が熱っぽく囁く。

その蠢く肉厚の唇が開く。潤んだ舌が、視界いっぱいに広がった。

咄嗟に目を閉じると、睫の合わせ目を横に舐められる。わずかに開いた狭間から、脆い眼球を舐められる。

丁寧に砂を取り除かれ、潤され——恐怖と違和感とにわななく腰をきつく抱かれる。

「や…」

乾ききった唇から漏れる呼吸が乱れる。

たっぷりと右目を嬲ったあと、ムスタファの舌は左目へと移る。味わわれる眼球が火照っていく。瞼の内側の涙を啜られる。

左目から抜かれた熱く濡れた舌に、今度はひび割れた唇を大きく割り拡げられた。甘く、潤されていく。

——本当に……本物の……。

ムスタファはラクダの座具に括りつけてあった水筒の水を、口移しでたっぷりと望へと

そそぎ込んだ。干乾びた身体が、まるで綿のように水を吸い込み、甦っていく。

そのままラクダの背中へと抱き上げられそうになって、望はもがいた。ムスタファの腕から砂のうえへと落ちる。

「……らない――戻らない」

望の言葉に、鮮やかな眉が大きく歪められる。

「戻らないだと?」

「戻らないほうが、いいんだ」

「俺から離れたいってことか⁉」

悲痛な声で責められる。

「望はいなくならないと誓った!」

ファラーシャマハルの噴水に映し出された震える月を思い出す。

あの時の想いが消えたわけではない。それどころか、日を追うごとにムスタファへの想いは深まっている。

彼から離れて生きることに意味を感じられない。だから日本に帰りたいとも少しも思わない。

ムスタファの傍にいるべきでないのなら、せめて彼の国の砂の一粒になりたい。

ぼんやりと呟く。

「俺は、このままここにいる」

言ったとたん、喉を鷲掴みにされた。

「この奇蹟《きせき》を捨てるなんて、赦さないっ。……望が王宮から拉致されたと知らされて、街中を捜しまわって、礫砂漠《れきさばく》のほうで怪しいジープを見かけた者を見つけだした。その情報と消えかけた轍だけを頼りに、俺はこうして望に辿り着いたんだ。この広大な砂漠のなかでだぞっ？」

確かに、それは奇蹟としか言いようがないかもしれないが。

「俺は砂漠に踏み出す前に、アッラーに宣言した。もしも望に逢えたら、ふたたび神の存在を信じると」

首の皮膚に、固い爪がめり込んでくる。

気道が閉まる苦しさに喘ぎながら問う。

「逢えなかったら――どうするつもりだったんだ」

ムスタファの黒い眸に、覚悟の静けさが光った。

「望に逢えなかったら、そのまま砂塵に沈むつもりだった」

予想外の答えに、望は目を見開く。

この奇蹟が起きなかったら、自分ばかりか、ムスタファまで砂に埋もれることになったのかもしれないのだ。

「な…なんで、そんなことっ……一国の主が、そんなふうに命を粗末にするなっ」

ムスタファが揺るぎないまなざしを向けてくる。

「粗末になんかしてない。俺は国より自分の命より、望が大切なだけだ」

「…………」

「望がどうしてもここに残るって言うなら、俺もここに残る」

なんの衒《てら》いもなく、究極の告白を捧げられる。

「望と一緒に、滅びる」


ムスタファが試すように望の身体を抱き上げる。

今度はもう、抵抗できなかった。

ムスタファがここで滅びるなど、とても耐えられないからだ。

望を抱き、ラクダの手綱を引きながら、ムスタファは砂の山の頂を目指す。

視界が開ける。風が弱まったせいで、地平線まで見通すことができた。すでに太陽の姿はなく、その残照が西の空から拡がっていた。頭上では茜《あかね》色と藍《あい》色が互いに身を寄せ、混ざりあっている。

望は砂のうえに座らされ、ラクダの手綱を手渡された。

少し離れた場所で、ムスタファが砂で手や顔を清めはじめる。イスラム教では、水がない場所では砂をもちいて身を清めることができるとされているのだ。

それから夕闇が落ちくるなか、彼はコーランの開扉《かいひ》の章を朗誦しながら、砂に膝をつき、額をつき、礼拝《サラート》をした。

ムスタファが礼拝をするのを見るのは、初めてのことだった。

望は膝を抱えて座ったまま、じっと祈りを見つめる。

それは力強くも美しいおこないだった。

無宗教な者でも礼拝堂に入るとある種の敬虔な気持ちになるものだが、それと酷似した体感が望を包み込んでいた。

頼りなかった身体と心に芯が通り、整っていくのを感じる。

すると、頭で考えるのとは違う種類の新たな想いが、清水のように湧き上がってきた。

——……逃げたくない。

ムスタファから、逃げたくない。

彼が自分に向けてくる想いから、逃げたくない。

彼の傍にいることで圧しかかってくる重圧から、逃げたくない。

このムスリムの王がこれから生涯にわたって捧げていく長い祈りを、最後まで見届けたい。

ふたりの人間の重みを支えるラクダの蹄《ひづめ》が、夜の砂に深く跡を刻んでいく。それが数えきれない砂山を越えたころ、望とムスタファは彼方に明かりを見た。何百という明かりが、蠢いている。それらは王に仕える家臣や兵士、街の人々が手に持つ松明《たいまつ》の火だった。

その松明のうちのひとつが、大きくなってくる。

ラクダを走らせてきたサイフが、横に並ぶ。

「ムスタファ様もノゾム様も、よくぞご無事で……風が弱まってきたので、ヘリコプターを飛ばせるかと相談していたところでした」

「心配をかけてすまなかった」

ラクダに乗った者たちが次から次へと、駆けつける。

帰還を、街の人々までもが涙ながらに喜んでくれた。

一般の民がムスタファのことを心の底から案じていたらしい様子に、望は驚きを覚えた。

廃止されたはずの公開処刑がおこなわれたことで、民衆が新国王の代になっても血なまぐさい治世になるのだと落胆しているものと思っていた。だが、彼らの表情にそういった暗さは微塵《みじん》もない。

王宮に戻ると、ラシッドはくしゃくしゃにした顔を涙と鼻水で濡らした。

「ハメットに、食べ物と飲み物をいっぱい用意してもらってるから。ああ、それに湯浴みの用意も、もうできてるよ」

軽く食べ物を口にしてから、国王専用のプールのように広々とした浴場をムスタファとともに使った。とはいえ、半日近くも砂漠を歩きつづけた望はどうにも身体に力が入らない状態で、服を脱ぐのから身体を洗うのまで、すべてムスタファが甲斐甲斐しくおこなった。

湯船に浸かった望は蝶香の香りに包まれて、心地よさと眠さで蕩けそうになる。本当に少し眠ってしまったらしい。ハッと気がつくと、湯のなかでムスタファに抱きかかえられていて、その広い肩に頭を載せていた。

「あ…ごめん」

「のぼせてないか？」

頬を撫でられる。

その手つきの優しさに、胸が痛んだ。

「——ムスタファ」

「ん？」

「いつか後悔することがあっても、ひとりで抱え込まないでほしい」

「なんの後悔だ？」

「……だから、……ナイルスとハッサンの」

喉が苦しさにぐっと詰まる。

ああ、と呟いて、ムスタファが苦笑した。

「そのことなら後悔しない」

きっぱりと言いきられて、それはそれで複雑な気持ちになる。

「いまはそうかもしれないけど、でも」

「後悔のしようがないだろう。処刑はしてない」

長い沈黙ののち、望は思わず湯を跳ねさせながら身体を起こした。

「してないって？　どういう…？」

「だから、処刑はしなかった。正しく言えば、できなかった」

ムスタファは濡れた黒髪を掻き上げながら、視線を逸らす。

「泣かれたんだ」

「泣かれた？」

「子供にだ。処刑をするのに街の広場に人を集めさせたんだが、そこで子供に泣かれた。まだ四、五歳ぐらいの小さい子だったな――苦手なんだ。子供に泣かれるのは。そうこうしてるうちに、望がいなくなったって報せを受けて、処刑どころじゃなくなった」

「…………」

なんだか、泣き笑いみたいなものが込み上げてきた。それに安堵が溶ける。

民衆は、人間らしい心根を持った新しい王に、親しみを覚えたに違いない。あれだけの数の民が松明を持ってムスタファの帰りを願ってくれていたのは、こういうことだったのだ。

「ナイルスとハッサンには、刑務所で終身囚として油田採掘の肉体労働に就いてもらう。屈辱的で死刑より嫌なことかもしれないがな」

ムスタファが、目の縁をわずかに赤らめる。

「――それに、やっぱり俺は、望が嫌がることはしたくないんだ」

『それでも……死刑は、やめてほしい』

今朝、寝所を出ていく背中に投げた、ひと言。

あれはしっかりとムスタファの心に届いていたのだ。

自分が発する言葉が、ムスタファに響きすぎることが怖い。

でも、その怖さから逃げることは、もう二度とないだろう。

キスをしながら眠りに落ちたから、次に目を開けたとき、ほんの間近にムスタファの顔があった。腕枕をされていて、その腕は望の頭を抱え込んでいる。

隣接する浴場で身体を軽く拭いただけでベッドに横になったから、薄い絹の掛け物の下は互いに裸だ。剥き出しの肌で密着していると、気恥ずかしいほどの安堵感を覚える。その安堵感に、少しずつ邪《よこし》まな熱が混ざりだす。

望はそっとムスタファの腕を開かせて、上体を起こした。

「ん」

ムスタファの横倒しだった身体が、ごろりと仰向けになる。目を覚ましたのかと思ったが、規則正しい寝息が続く。

望は絹の掛け物の端を掴むと、それをするすると捲った。

丸い筒型の枕に頭を預けて眠る青年王の裸体が露わになっていく。

白絹の敷布に、彼の象牙色をした引き締まった肉体はよく映える。幽閉されていたときはどこか少年めいた線の細さを残していたのに、この二ヶ月で脆い青さは完全に払拭された。しなやかだが厳しい肉体の線は、大人の男特有のものだ。

下ろされたままの黒髪が縁取る面立ちは、しかし眠っているせいか、やはりどこか少年めいた色を残している。

通った鼻筋やふっくらした唇を眺めてから、視線を少しずつ下に向けていく。筋肉の乗った広い肩。胸にひっそりとある、わずかに赤みのある乳首。豹《ひょう》のように締まった腹部。縦に抉れた臍――つややかな、黒い草叢《くさむら》。

もう何度も身体を重ねてきたのに、その器官をこんなふうにつまびらかに眺めるのは初めてだった。主が眠っているにもかかわらず、肉厚なペニスはいくぶん膨らんで、少し頭を宙に浮かせていた。幼いころにほどこされたのだろう割礼によって、赤みの強い亀頭を包み隠すものはない。

「……ぁ」

静かに寝入っている肉体を眺めるだけで、望の茎は甘い疼きに勃ち上がりはじめていた。自然に息が乱れる。

——……たい。

卑猥な欲求に、口がむずりとする。

——舐めたい。

ムスタファが求めないせいもあって、いまだに彼の性器を口にしたことはなかった。でも本当はずっと淫らな奉仕をしてやりたかったのだ。

眠っているのだから、少しぐらい舐めてもいいだろう。

横目でムスタファの寝顔に注意を向けながら、望は背を丸めて青年王のペニスへと唇を寄せる。

温かくてもっちりとした感触が唇に拡がる……とたんに異様なまでの愛しさが身体の奥底から湧き上がった。それに押し流されるまま、望は陰茎の表面をついばんでいく。

ついばむごとに、ムスタファのものが充血して張り詰める。

身体と垂直になるほど勃ち上がって、苦しげな怒張の筋を浮かべる。先端の浅い溝からじゅくりと透明な蜜が溢れて、笠を張った先端部分を光らせる。

「……っ」

その淫靡な様子に、脳のなかをビリッと電流が走った。

眠りを妨げないようにという気遣いを忘れて、望は大きく開いた口に亀頭を通した。舌を忙しなく動かす。目を閉じて、粘膜での行為に没頭する。

「……んむ…ん、んっ」

ねっとりとした水気を含んだ音が、自分の口から脳へと籠もって響く。

括れを舌先で抉るように辿れば、唇の輪で締めつけている茎がぴくんぴくんと脈動する。

「ん……ぁ?」

ムスタファの腰が口淫から逃れるように、幾度か軽く左右によじれる。

それでもしゃぶりつづけていると、ふいにこめかみに触れられた。親指の腹で皮膚を擦られる。

発情の涙が滲む目で見上げれば、ムスタファは半ば夢のなかにいる面持ちで目をわずかに開いていた。

そして、望がおこなうフェラチオに見入っている。

その快楽に歪む眉や潤んで光る眸、劣情に腫れた唇が織り成す表情は、ぞくぞくするほど扇情的だった。

望は幹に浮く筋のひとつひとつに丹念に舌を這わせ、濃い草叢までもがしっとり濡れそぼるほど唾液を絡ませた。裏筋を唇で挟んで、こりこりと食《は》む。そのままつけ根まで下りて、重くなっている双玉をひとつずつ口に含んで吸い込む。

どんなあられもないことでもしてやりたい。

「望――ン…」

望のこめかみから顎のラインを辿るムスタファの指の動きが、忙しなくなっていく。

締まった腹部が筋肉の波をぐぐっと浮かべる。

先走りを溢れさせて小刻みに震える亀頭の先を、腫れた唇で覆う。唇で溝を押し開き、小さな孔を舌先で攻め立てる。

「ぁっ…、ああっ、望――…っ」

腰を激しく浮かせて、そのままムスタファは全身を数秒のあいだ強張らせた。彼の長くて逞しい脚が突っ張り、どこかから踏み外したみたいにビクッと跳ねる。

口蓋に熱い飛沫を幾度も叩きつけられた。舌にもったりとした濃密な粘液が纏わりつく。

望は上体を起こし、口のなかでとろついている精液を少しずつ嚥下した。喉仏を上下させるたびに、下腹で反り返っている茎から透明な蜜が零れるのを自覚する。

最後の一滴を飲み込んだときには、ほとんど果てたような重い快楽が腰を覆いつくしていた。

「……美味しかった」

屹立をヒクつかせながら呟くと、興奮を抑えきれない様子でムスタファが身体を起こす。そして、望の脚のあいだに手を差し込み、下の敷布に掌で触れた。

「口でしただけで、こんなぐしょ濡れにして……水溜まりになってるぞ」

その言葉のせいで、望のペニスはまた、震える先端からとぷりと蜜を漏らした。それが象牙色の手の甲に糸を縒りながら落ちる。

ムスタファは体液を掬うように手を上げると、そのまま手の甲で赤く熟れた切っ先を嬲り、茎をたぷたぷと軽く打った。掌でされるのとは違う、もどかしくて荒い刺激だ。茎が根元から揺れ跳ねる。

そのさまがあまりに卑猥で、望は膝をつくかたちで腰を少し上げて逃げを打つ。

その浮かせた股《また》のあいだへと、手が滑り込んできた。双玉の奥の欲情に張った会陰部を掌で忙しなく擦られる。蕾に寄せられた細やかな襞を指先でくじられる。

指のほんの先だけが蕾にめり込む。

「う…ん」

「奥まで欲しいんだろ？」

その言葉にそそのかされて、奥の粘膜が収斂《しゅうれん》する。

けれど、ムスタファはそれ以上、指を進めてくれない。

「――いじわるだ」

腰を引き攣らせて抗議すると、ムスタファが悪戯《いたずら》っぽく目を細める。

「俺を欲しがって意地汚くなる望が、見たい」

そんな低い声の囁きに、蕾がパクついてしまう。

もう我慢できなくて、望はムスタファの手首を掴んで固定すると、ゆっくりと腰を下ろしていった。ずるりと中指が粘膜に入ってくる。硬い指の節がぷつんと通る。

「ふ、ぁ」

しばらく一本の指を下の口でしゃぶっていたが、猛々しいペニスを呑み込み慣れた場所は、すぐに物足りないと、切なく喘ぎだす。

あさましさを自覚しながらも、望は後孔へと手をやって青年の人差し指を掴み、すでに中指が入っている場所に押し込んだ。充足感に溜め息をつき、ムスタファの掌に座り込むかたちになる。そうやって腰をベッドに擦りつけるようにすると、二本の指が根元まで刺さり、会陰部も掌に擦りつけることができる。

「指――ムスタファの指……」

口に出すと、淫靡な感覚が乗算される。

初めは不器用にまわすだけだった腰の動きに、次第に上下運動が加わっていく。膝をついて開いた内腿にくっきりと筋を浮かべ、ぬちゅぬちゅと指を出し挿れしていく。

二本ではまだ足りない。三本目の指を後孔で無理やり咥えた瞬間、凄まじい恍惚が訪れた。腰を使うたびに、指にへばりつく粘膜が内側に巻き込まれては、外側にめくれる。

「や、ぁ、すごい、うっ、あ、あ、あっ」

望の背がぐうっと反り、力の籠もる尻たぶが震えだす。

「ぁ、もう、いい――もう……もう抜くっ。指っ」

とても耐えられない体感に慌てて腰を上げるのに、指を抜いてもらえない。

「やだ、や――ああっ！」

茎の中枢を重い粘液が押し開いていく。先端から白い蜜が勢いよく宙へと爆ぜた。

快楽のあまり閉じた瞼を激しく痙攣させている望を、ムスタファはベッドに押し倒した。

体内から指が勢いよく抜かれる。腿を抱え上げられて、左右に股を裂くように割られる。

剥き出しになった会陰部にぬるつく硬いものがぐにゅりと押しつけられる。それはいまだ絶頂感にヒクついている腫れた蕾に嵌まってきた。

「ぁ、あああっ」

ズンッと突き上げられる衝撃に、望は目を見開く。

半分ほど挿された状態のまま、膝裏に手を入れて身体をふたつに折られる。ムスタファの欲情にぎらつく眸が結合部分を凝視する。

「俺のがいつもより凄くなってるから……望の孔が、裂けそうだ」

心配と恍惚の混じった声に教えられる。

「んー……ん」

本当に壊されてしまいそうだった。

開きすぎた襞と内壁が熱く引き攣る。

粘膜にひそむ快楽の凝りをペニスで圧されて、望の内壁がきゅうっと締まる。

「や、ぁ――そこ」

「そんなに締められたら、動けないっ」

敏感な器官が互いを揉みあい、快楽が膨れ上がる。

まだ男が辿り着いていない奥の粘膜が、切なく痙攣しはじめる。

「……して…壊しても、いい――ぜんぶ……根っこまで、早く！」

ムスタファの肩口を叩きながら、望は掠れ声で訴える。

「望――望っ」

願いを叶えようと、猛々しい器官に力が籠められる。

「ぁ、ふ――あ、あっ！」

わななく粘膜を無理やり抉じ開けられて、身体の芯も頭の芯もひしゃげていく。

痛みのぶんの深すぎる快楽に、涙が溢れだす。

異様に猛《たけ》った雄の器官を緩急をつけて叩き込まれて、内壁が摩擦で爛れる。

ムスタファの首に火照る手で縋りながら、望はひと突きごとに絶頂を味わわされた。その絶頂の点が繋がっていき――緩慢な射精が止まらなくなる。

硬直する望のうえで、ムスタファが狂おしい快楽にのたうつ。

「望…あ、すごい――っ、……よすぎるっ…俺のをゴリゴリ潰して……ぁあ、あっ――‼」

極限まで速くなっていた腰使いが、止まる。

身体の芯に重くとろつく情液をいっぱいに詰められて、望の茎は白い残滓《ざんし》を絞り出した。

エピローグ

身体がふわりと浮き上がる感覚に、目が覚める。

それとともに体内で興奮の燻りがほのかに煙を上げる。その煙に漂っていると、やわらかな場所にそっと下ろされた。

重たい瞼を開ける。

どうやらここは王の寝所にしつらえられたテラスらしい。その欄干《らんかん》に寄せてビロードに包まれた寝椅子が置かれている。望《のぞむ》はそこに寝かされていた。寝かされているといっても、背中に大きなクッションを宛《あて》がわれて、半ば上体を起こした姿勢だ。

ムスタファが、望の腿の横に腰を下ろす。

彼のしどけなく纏った絹のガウンの胸元はたわみ、上気した肌が覗いている。性交に溺《おぼ》れてからさほど時間がたっていないらしい。

ゆるい癖のある黒髪を軽く引っ張ると、ムスタファが腰をよじって覆い被さってきた。

唇を幾度かついばみあう。

ムスタファの背後には空が広がっている。紺色から菫色《すみれ》へと変わりゆく色合い。もうすぐ、夜が明けるのだ。

名残惜《なごり》しげに唇を離したムスタファが視線を欄干の外へと向けた。一緒にそちらに顔を向けた望は目を細める。

寝ぼけた菫色に染められて、小宮殿がある。

「ファラーシャマハル」

呟くと、ムスタファも微笑に目を細めた。

「父は、母が後宮に納まっていられるような人ではないからと、あの小宮殿を建てたんだ。ここからいつでも眺められる、あそこに」

「大切に思ってたんだ」

「おそらく父は夫人たちの誰よりも母を愛してた。母が亡くなってからは魂が抜けたみたいになってしまって……俺はそんな不甲斐ない父を恨んでた」

ムスタファが恨むのは、当然だろう。

いくら病状が重かったとはいえ、前国王は四年ものあいだムスタファを幽閉から救わなかったのだ。ムスタファにすれば、見捨てられたとしか思えなかったに違いない。

「でもいまは——もう恨んでない。なんだか、父の気持ちがわかる気がする。砂漠で望を失うかもしれないと思ったとき、もう残りの人生はいらないって本気で思った。ずっと影響を受けていたい唯一の人がいなくなったら、俺もきっと腑《ふ》抜けになる」

彼は一国の王であるのに、あまりにも望の影響を大きく受けすぎる。そのことについて改めて意見しようとしたが、先にムスタファが言葉を重ねた。

「でも、父がそんなだから母は強くいなければならなかったんだと思う。朝も昼も夜も国民のことを考えつづけて、不安や困難と闘っていた——俺は望に母と同じ道を歩かせようとしていたんだな」

黒い眸が近づき、覗き込んでくる。

「望を苦しめないように、不安にさせないように、俺が強くなる。賢くなる。俺の帰還を祈ってくれた民のためになにをしていけるか、真剣に考えられる王になる」

「ムスタファ…」

「だから、傍で見ていてくれ」

望は両腕をムスタファの首に絡めて、正しい道を進もうとする意思に張り詰めた肉体を力いっぱい引き寄せた。耳許で熱っぽくねだる。

「見てるよ。これからムスタファが作り上げる国に、一緒に行きたい」

ムスタファが喜びと決意に身震いした。

そして、ちょっと尊大な口ぶりで約束してくれる。

「わかった。連れていってやる」

夢のなかではなく、現実の世界へ。

菫色の空に、日の出前の礼拝を呼びかけるアッザーンが響きはじめていた。

END

蝶宮殿の魔人

王都近くに新設された国際空港の滑走路から、国王を乗せた専用機が飛び立つ。

鮮やかなマジョリカブルーの絵の具を塗り重ねたような色の空へと、白く輝く機体が吸い込まれていくのを、望《のぞむ》は喉《のど》を大きく伸ばして見送った。

ムスタファはアラブ諸国の首脳会議に参加するためにベノールを発《た》ち、帰りは三日後の予定だ。通常なら望もムスタファに同行するのだが、明日、日本の外務省高官の来訪が急遽《きゅうきょ》決まったため、残ってその対応をすることになったのだ。

ベノール王国は長いこと半鎖国《さこく》状態で、ビジネス目的以外の外国人の入国を堅く禁じてきた。

しかし五年前にムスタファが新国王として起《た》ってから、国にはさまざまな改革がもたらされた。

ムスタファは最初の三年で、国内の法令の改正とインフラ整備を押し進めた。それらがかなり改善されたところで、次は外国人の入国審査を緩和した。人数に規制をかけながらも観光客を受け入れるようにまでなった。

いま、日本はちょっとしたベノール王国ブームに沸いている。

去年とおととしの二回、ムスタファ本人が訪日したためだった。もちろん望も同行した。

ムスタファは「やっと本当に望と日本に来られた」と子供みたいにはしゃいだ。祇園《ぎおん》祭りを一緒に見ることができて、望も幸せに涙ぐんだ。

日本のメディアはこぞってムスタファ・ベノールに飛びついた。

若くてハンサムで日本語を喋《しゃべ》れるほど親日家のアラブの王様は、日本国民に手放しで受け入れられた。ムスタファの母親が日本人だったことも大いに追い風となった。ファラーシャと呼ばれた彼女がベノール王国国民に尽《つ》くした功績は、テレビで特集番組が組まれて反響を呼んだ。

——五年前はどうなることかと思って、頭がおかしくなりそうだったっけ。

新米の王様は、望が口にすればどんな無謀な方向にも国を変えていきかねないようなありさまだった。

だが、ムスタファは志《こころざし》を持ち、民の生活改善を主軸にして、アラブの理《ことわり》と望のよしとする世界観とを融合してくれた。それはきっと、どちらの血も持つ彼にだからこそできたことなのだろう。

もちろん決して容易な道のりではなかった。

ムスタファと望は無数の思索を重ね、手探りをしながら一歩一歩を進んできたのだ。

ただ、それは完全に真っ暗な道ではなかった。暗闇《くらやみ》の前方を、ほのかに光る蝶《ちょう》が一匹、ずっと飛んでいた。

自分たちはその蝶を——ファラーシャと呼ばれた女性が描こうとした理想の国のかたち

を思い描きつづけてきたのだ。

そうして、ふと気がつくと、暗闇を抜けて光のなかにいた。

ムスタファが正しく国を導いてきたのだと、こうして王都の街なかを歩いていると確信することができる。人々の顔は明るい。大人も子供も。男も、女も。

女性が顔を出して歩くことは、かなり普通の光景になっていた。老いも若きも、彼女たちの笑顔はまるで花が咲いたようだ。

釣《つ》られて笑顔になりながら王宮に向けて歩いていた望は、ふいに上着《ビシュト》の袖《そで》を引っ張られて立ち止まった。見下ろすと、子供が立っていた。

「ファラーシャさま」

そう言って手に握った花を差し出してきた。

いつも王の横にいる日本人。それが前国王の第三夫人と重なって見えるのだろう。人々は自然と、望のことをファラーシャ様と呼ぶようになっていた。

その呼称が国民にとってどういう意味合いのものかを知っているだけに、望はいつも恐縮する心持ちになる。そして、なんとか彼らのファラーシャ様になれるように努力したいと思うのだった。

望は子供の手から花を受け取ると、蝶が花の蜜《みつ》を吸うみたいに花の真ん中にキスをした。

子供が声をあげて笑う。

ムスタファが陰惨な過去の影を引きずることなく、強い光で民を照らす国王になってくれた喜びを、望は噛《か》み締めた。

王宮に帰って、外務省高官との会談の資料を検《あらた》めていると、ラシッドが部屋を訪ねてきた。ファラーシャマハルで初めて会ったときは十代半ばだった少年も、いまではすっか青年らしい様子だ。背も望よりずいぶんと高い。

しかし望がそうであるように、ラシッドもまた一緒にいるときは昔に戻った気持ちになるらしい。長椅子に座る望の足元に座り込んで、ずいぶんと子供っぽい口調で話しかけてきた。

「ノゾム様ノゾム様、おかしな噂《うわさ》があるのを知ってる?」

「どんな噂?」

ラシッドが膝《ひざ》立ちになって、望の耳に口を寄せる。

「ファラーシャマハルに魔物が出るんだって」

望は目をしばたいてから破顔した。

「ファラーシャマハルの魔人なら、飛行機で空を飛んでいったよ」

「ムスタファ様のことじゃないよ。あそこで魔物を見たって人が何人もいるんだ。宮殿の手入れをしてる侍女とか庭師とかが、変な人影を見たって」

ラシッドの大きな黒目は真剣そのものだ。ふざけているふうではない。

「……まさか、誰かがこっそり住み着いてるのかな？」

「今日の昼に俺も皆と一緒に宮殿のなかを隅から隅まで見て歩いたけど、誰もいなかったし、暮らしてるような形跡もなかったよ」

ファラーシャマハルで二年半をすごしたラシッドは、宮殿の内部には詳しい。その彼がそう言うのなら、不審者はいないのだろう。

「でも、それならどういうことだろう？」

望が首をひねると、ラシッドは大きな身体《からだ》をぶるりと震わせた。

「人間がいなかったのは確かなんだけど……なんか、見られてるのを感じたんだ」

「見られてるって、誰に」

「だからそれが、魔物なんじゃないかって」


——身体が大きくなっても、中身はまだまだ子供なんだな。

久しぶりにひとりきりで湯船に浸《つ》かりながら、望は怖がっているラシッドの様子を思い出してくすりと笑った。

浴室には、蝶香の匂いが漂っている。

この香りはいまや王都の香りといっても過言ではない。

ムスタファの母が亡くなってから製造を中止されていた蝶香は、石鹸《せっけん》のみならず、香水やボディソープ、洗髪剤などのライン商品として製造されるようになり、特に王都ではこの香りのしない家はないほどの流行《はや》りぶりだ。

ベノール王国を訪れた観光客はこぞって蝶香の商品を買い求め、そこからインターネットなどの口コミで評判が広まったらしい。海外輸出用の蝶香商品を生産するために大きな国営工場が建設された。

ムスタファは国営企業を増やすことで、外貨を取り込み、安定した働き口を増やしている。もともと資源に恵まれた国ではあるが、国民がここまで安定した生活を送れているのは、初めてのことに違いなかった。

「ムスタファ」

蝶香の匂いを身体中に行きわたらせながら、望は呟《つぶや》く。

「素晴らしい、俺の王様」

彼は間違いなく名君だ。

望は誇らしい気持ちになり、……しかしその気持ちとは裏腹に、溜《た》め息で湯船をひそかに揺らした。

入浴後に国民からの意見書に目を通して、ひとり寝するのには広すぎるベッドに身を横たえる。

なにか胸の底がざわめくような、正体不明の落ち着かなさのせいでなかなか眠りが訪れなかった。何度も寝返りを打ちながら、望はファラーシャマハルのことを考えていた。

――忙しいからって向こうには行ってなかったな。

明日、会談を終えたら久しぶりにファラーシャマハルを訪ねよう。

そう心に決めると、眠気が煙のように湧《わ》き起こってきた。ほどなくして望の呼吸はゆるやかになり、その身体はくったりとやわらかくなった。


実のある会談を終えた夕刻、日本の外務省高官を送り出してから、望は昨夜決めたとおりにファラーシャマハルへと足を向けた。広い庭園を抜けると、門の向こうに薄紅色の小宮殿が現れる。いまは鍵をかけられることもない門からなかに入る。

思わず、嘆息して立ち止まった。

庭には花が咲き乱れ、門から宮殿の正面へと続くモザイクタイルはやわらかな色合いで無数の蝶の文様《もんよう》を浮かび上がらせている。

白亜の王宮も荘厳《そうごん》で浮世離れした華麗さがあるが、この蝶宮殿はまるで深い夢のなかに建っているかのような詩的な佇《たたず》まいだ。

実際、こうして蝶の道を歩いていくと、一歩ずつ夢のなかへと沈んでいく心地になる。

巧みな彩光により宮殿内には傾いた太陽の光が満ちていた。

望はムスタファとここですごした日々を思い返しながら、あらゆる場所を見てまわった。

途中、携帯用のランプを用意して地下室も覗《のぞ》いた。

ムスタファが閉じ込められていた石造りの部屋のドアを開けると、背筋を冷たい手で撫《な》でられたような寒気が起こる。

——……本当のムスタファは。

ふいにその想いが湧き上がってきた。

——本当のムスタファは、国王としてのムスタファだけじゃない。

そう考えて、ここのところ自分の心にかかっていた靄《もや》の正体に望は気づく。

「ムスタファは……俺の前でも王様をしてる」

決して他人行儀ではないし、ふたりきりのときはベタベタと甘えてくる。

しかし、そういうことではないのだ。

ムスタファは母を殺され、父から見捨てられ、兄に幽閉され、身のまわりの者を殺され、自分もいつ殺されるかわからない日々を送っていた。

それらは、いまのアラブの太陽のごとき輝きを放つ国王ムスタファからはまったく感じられない。望にすら、暗い影の部分を見せなくなっていた。

「でも、この過去が消えたわけじゃない」

過去も含めたすべてが、ムスタファ・ベノールという人間であるはずだ。

だとすれば、いまの自分はムスタファの一部としか一緒にいられていないのではないか。

その想念に囚《とら》われたまま、望はふらふらと階段を上がり、回廊を抜けて、ムスタファが寝室として使っていた部屋へと入った。ランプを壁の留め金に引っかけて、天蓋《てんがい》つきのベッドに横たわる。

頭も瞼《まぶた》もひどく重くて、望は目を閉じた。

――…………あれ？　眠ってた？

濃密な蝶香の匂い。

望はそれに噎《む》せそうになりながら瞼を上げた。

視界がひどく悪い。

確か壁にランプを掛けたはずだが、消えてしまったのか、その光はなかった。目を凝《こ》らすと、暗闇のなかに煙が立ち込めている。

「火事っ…!?」

まさか自分が持ち込んだランプが落ちて引火したのか。

動転して起き上がろうとするのに、なぜか身体が横倒しのまま動かない。

煙によって身体全体をベッドに押さえつけられているようだった。

このままここで焼け死ぬのかとおののいていると、クスクスと笑う声が聞こえてきた。しかも、その笑いに合わせて脇腹に振動を感じる。

誰かがそこに跨《また》がっていた。

煙が沁《し》みて、目をきつく閉じる。

「どいてくれ！　早く、火を消さないとっ」

ファラーシャマハルが焼け落ちてしまったら、ムスタファはどれほど傷つくだろう。そんなことは絶対にあってはならない。焦燥感に身体中が痺《しび》れる。

すると、また腰に跨っている誰かが笑った。

「火なんか出てない」

少年の声だ。十代半ばぐらいだろうか。

「じゃあ、この煙はいったい……」

目を開けようとするが、やはり煙が眼球に沁みてすぐに閉じてしまう。

「いい匂いだろ？」

少年の声はずいぶんと近かった。

「これはね」

もうほとんど耳に唇をつけているみたいに、頭のなかに直接、声が響いた。

「母様の匂いなんだ」

「――――」

望は閉じたままの瞼を蠢《うごめ》かせた。

――母様の、って……。

この香りはムスタファの母親のものだ。咄嗟《とっさ》にそう思ってから、考えてみれば蝶香はいまやベノール王国の香りといってもいいほど、どこの家でも漂っていることを思い出す。

おそらく、この少年の母親も蝶香を愛用しているのだろう。

火事でないのなら、とりあえず慌てる必要はない。望は身体の力を抜いた。

落ち着くと、改めて少年のことが気になった。ラシッドが言っていた魔物とは、この少年のことなのだろうか。

望は声を低めて問い質《ただ》す。

「君は、王宮に仕えているのかい？」

少年は望の横倒しの身体に、すっかり体重を預《あず》けてうつ伏せになっている。

「俺は王宮の者だ」

少し乱暴な口ぶりがムスタファを彷彿《ほうふつ》とさせる。声もいくらか高いが、ムスタファのものと似ているように思われた。

「ずいぶんとここに入り浸《びた》っているようだね。君を見かけた人たちが、魔物だって言って怖がってるよ」

「……まもの」

少年が声を荒げて続ける。

「違う！　魔物はほかの奴らだ。母様を殺した奴らだ！」

「………え？」

「国民も国王も、母様を救えなかった！」

「ま、待ってくれ……なにを言って……」

望の頬《ほお》にぽたりと水が落ちた。温かい水だ。涙らしい。

「母様は、もう二度とここには帰ってこない。いくら待っても、俺のところには帰ってきてくれない」

「―――」

いったい、この少年はなにを言っているのか？

「母様はいつも俺の傍《そば》にいてくれなくて、民のために走りまわってた。それなのに……それなのに……殺されて………」

この少年は、誰なのか？

望はおそるおそる訊《き》いてみる。

「君のお母さんは、いつ亡くなったんだい？」

長い沈黙があってから、少年が心許《こころもと》ないような声音で答えた。

「いつ――だったかな……何年も前だった気もするし、何日か前だった気もする」

少年が嗚咽《おえつ》に身体を震わせながら抱きついてきた。

「俺も母様のところに行きたいんだっ」

望は気がつくと少年を抱き締め、囁《ささや》きかけていた。

「ムスタファ……ムスタファ、そんなことを言わないでくれ」


「ノゾム様！」

ラシッドの声に、望は目をパッと開く。

ランプの明かりに照らされたラシッドがホッとした顔をする。

「あれ……俺は――」

「夕食だって呼びに行ったらどこにもいなくて、探しまわったんだよ」

自分が壁にかけたランプは光を放っている。煙はなく、少年もいない。

「俺は眠ってた？」

「ぐっすり。揺さぶっても起きないから、魔物に殺されたのかと思った」

――夢、だったのか？

しかし蝶香の匂いは鼻にこびりついていて、少年を抱き締めた感触はありありと腕に残っていた。

だるく上体を起こすと、ラシッドは怯《おび》えた視線をあたりに向けながら望の手首に掴《つか》まってきた。

「早く、早く出ようよ。魔物に見られてる気がする」

彼に引っ張られるままに、望はファラーシャマハルをあとにした。

翌朝になると夢を見ていたのだと割りきれたのだが、夕刻が近づくにしたがって、夢ではなかったのではないかという気持ちが増殖していった。夕食をすませるころにはいてもたってもいられなくなって、気がついたら庭の奥にある門を越えていた。

ごく自然にムスタファの寝室だった部屋に行き、ベッドに横たわった。

そうすると昨日と同じように、頭の芯《しん》がぐらぐらするような眠気が訪れる。

また蝶香の煙に巻かれて、少年に抱きつかれた。少年はやはりムスタファであるようだった。しかしもちろん、本物のムスタファは外国に滞在中で、しかも二十七歳の完全に完成された肉体を有している。

少年は自分の年を十四歳だと告げた。

それは、ムスタファが母親を亡くした年齢だった。

ムスタファが帰国してからも、望は時間を見つけては毎日ファラーシャマハルに足を運んだ。昼でも夜でも、ベッドに横たわれば少年が煙とともに現れて、望を搦《から》め捕《と》った。

少年はある日は十四歳で、ある日は十九歳で、ある日は十七歳だった。

それぞれに、その年のころのムスタファの苦しみや孤独を教えてくれた。

ムスタファから直接聞いたことがある話もあれば、聞いたことのない話もあった。

本来なら慰めの腕が届かない過去のムスタファを、望は毎日のように抱き締めた。そうすると泣いたり憤《いきどお》ったりしていた少年が、静かになり、甘えてくる。唇にキスをされたときは驚いたが、ムスタファだからいいかと思い、赦《ゆる》した。

少年のムスタファの唇はいまよりもふにゃりとしたやわらかさがあって、舌も頼りない感じだ。二十七歳のムスタファとも毎日していることだから、その違いはとてもよくわかった。

少年との逢瀬《おうせ》を始めて半月ほどたったころ、いつものように湯船のなかで望を後ろから抱いたムスタファが指摘してきた。

「このところ食欲がないな。それに、熱っぽい」

骨ばってきている身体を大きな手で撫でまわされて、望はぞくりとした甘い痺れに腰をゆるやかによじった。臀部《でんぶ》に当たる硬くなりかけた雄の器官。そこもまた、いまと昔では違っている。少年のムスタファときつく抱き合うとき、望はその未成熟な器官の硬直を服越しに感じていた。

「どこか痛いところでもあるのか？　それとも、悩みごとか？」

心配そうな低い声で問い質しながら、ムスタファの指が乳首に触れてきた。

「……は」

望は湯船のなかの自分の胸を見下ろして、大きく息を乱す。

昨日、蝶宮殿を訪れたとき、少年はそこにもキスをしてきた。粒をたくさん吸われて、舌でくじられた。さすがにいけないと思ったが、望は煙に囚われて動けず、されるままになるしかなかった。胸の刺激だけで危うく射精しそうになったところで、ラシッドに揺り起こされたのだった。

ラシッドには、望がファラーシャマハルに日参していることをムスタファに言わないようにと口止めしてあった。

指先で粒を優しくひねられて、望はバシャリと湯を蹴《け》った。そのまままもう耐えられずに、上体を深く捻《ね》じってムスタファの唇を舐《な》める。

蝶香の匂いのする湯気は、少年と会っているときの煙によく似ていた。望は浴室でいつになく淫《みだ》らに求めてしまって、寝室でも何度も行為を重ね、溺《おぼ》れた。

そのせいで、ムスタファが眠ってからこっそりベッドを抜け出してファラーシャマハルに行こうと思っていたのに、疲れ果てて眠ってしまい、行くことができなかった。

一日に一度も少年王子に会わなかったのは、この半月で初めてのことだった。

夕食を終えてから、望は庭を足早に抜けて蝶宮殿へと向かった。門を抜けた瞬間に、煙があたりに立ち込めた。

「……」

思わず足を止める。

なにかいつもと違う瘴気《しょうき》じみたものを感じて、鳥肌がたつ。

――今日は行かないほうがいいのかもしれない。

そう思ったものの、まるで煙に連れ去られるように望はふらふらと宮殿へと入り、いつものベッドに倒れ込んだ。

「う」

仰向《あおむ》けに身体を押さえつけられる。煙が沁みる目を懸命に開けると、十代半ばの黒いカンドゥーラをまとった少年が腹部に跨っていた。

いつもは影のようなものしか見えず、声と触覚で少年を感じていたのだが、今日は姿をはっきりと見ることができた。

肩口より少し長く伸ばした黒髪に縁取られた、猫科の獣を思わせる顔立ち。

少年は、確かにムスタファだった。

「君に、会えて、嬉《うれ》しい」

そう呟くと、しかし少年は表情を恨みに曇らせた。

「嘘をつけ。それならどうして昨日は来なかった。お前は本当は俺のことなんかどうでもいいんだ。母様みたいに、俺の前から消えてしまう気なんだ！」

「……違う。違うんだ。昨日も君といた。大人の君は、立派な王様になってるんだよ」

「そいつが――いいんだ？　俺よりそいつがいいんだ？」

少年の声が震える。

「君もその人も同じだ。ひとつなんだよ」

「ダメだよ。もう帰らせない。お前は俺とずっと一緒にいるんだ！　命令だ！」

そう声を高くして告げると、少年のムスタファは望のカンドゥーラの裾を一気にたくし上げた。胸が露《あら》わになる。昨夜、ムスタファに執拗《しつよう》に弄《いじ》られた乳首はぽってりと腫《は》れていた。

その赤らんで過敏になっている部分に少年の唇が吸いつく。

「……ぁ」

望が声をあげたのが嬉しいらしく、少年が乳首を咥《くわ》えたまま嗤《わら》う。

そうして上目遣いに望を見た。望は煙のせいで涙を零《こぼ》しながら、少年を見詰めてしまう。

その厚みのあるやわらかな唇が蠢くたびに、胸から下腹部へと甘い痺れが走る。

抵抗しようにも、できるのは瞬《まばた》きぐらいのものだった。

左右の乳首を交互に咥えられて、望はもう目を開けていられなくなる。

「い…あ――」

粒を齧《かじ》られて腰が跳ねる。

露わになっている下着の前は激しく突っ張り、その頂《いただき》はぐっしょりと濡《ぬ》れてしまっていた。

ようやく胸から刺激が去る。

安堵《あんど》したのも束《つか》の間、なにかが望の唇に押しつけられた。ぬるぬるしていて、もっちりとした独特の感触をしている。それを口のなかに押し込まれた。

「うぅ、う」

大人になった彼のものに比べればずいぶんと未成熟な性器だが、しっかりと硬く芯を持っている。その幼い茎で口のなかを掻《か》きまわされた。顔に逆向きに跨って舌に先端をこすりつけるのが気に入ったらしい。

くちゅくちゅと肉同士が濡れ擦《こす》れる音がする。

嚙んでやろうかとも思ったが、少年はムスタファなのだ。そんな拒絶の仕方はできなかった。

望は下着の前を下ろされる感触にハッとする。

「これ。やらしい」

少年が上ずった声で言う。

懸命に腰をよじって逃げようとしたが無駄だった。

少年はカクカクと不器用に腰を使いながら、望のペニスを舐めまわし、咥えた。

――いけない……のに。

頭のなかに甘い煙が詰まっていって、なにも考えられなくなる。

気がついたとき、望は少年の口淫《こういん》に応《こた》えて、自分も舌を動かしてしまっていた。互いの硬い茎をコリコリと唇の輪で扱《しご》く。

望のもので口がいっぱいのはずなのに、少年の声が頭のなかに響く。

（あ…ぁ、きもち、い――きもちいい……出る……出ちゃう、っ、あぁぁ）

悲鳴じみた声とともに、望の口のなかにドッと粘《ねば》つく体液が放たれた。果てながら少年がことさら強く望のものを吸ったので、望もまた一拍遅れて精液を漏《も》らしてしまう。

少年の甘く乱れた呼吸が近づいてきて、ギュッと抱き締められた。

「俺もムスタファなんだ……切り捨てるなんて、赦さない」

涙声で訴えられる。

――ああ、そうなのか。

望は夢うつつのなか、理解する。

ムスタファがここに住んでいたころには、ファラーシャマハルの魔人とはムスタファを示す言葉だった。

そしてその頃には、人々から魔物と呼ばれるこの少年は存在していなかった。

この過去のムスタファが存在するようになったのは、ムスタファも望も忙しさにかまけてこの宮殿に滅多に足を運ばなくなってからだった。

……いや、本当は忙しいという理由だけではなかったのかもしれない。

自分もムスタファも、つらい過去をここに封じて、切り離したかったのではなかったのか。現に自分たちはいつの間にか、過去の話を口にしなくなっていた。

そして、影のないムスタファだけが、国王ムスタファとなっていった。

過去の、怨嗟《えんさ》や苦悩に浸かっていたムスタファは、切り離されたのだ。

その切り離された想念が、存在を主張して、こんなかたちで望に接触してきたのではなかったか。

ふいに煙の拘束が緩まり、望は少年を抱き締めた。囁く。

「寂しい思いをさせたね。……君も一緒にいないと、ムスタファは本当のムスタファじゃない。君が必要だよ」

「…………」

少年の手が背中からほどけたかと思うと、望の身体は煙の触手によって転がされてうつ伏せになる。少年の手が腰だけを引き上げる。

下着はすでに腿《もも》の半ばまで下ろされていた。

剥《む》き出しの臀部に、硬い茎が押しつけられる。

蕾《つぼみ》を押し拓《ひら》かれていくのとほぼ同時に、身体がきつく揺れた。

「待っ――……、ぁ、ぁ」

「望っ」

「え…あ」

目を開く。

望はカンドゥーラも下着も身につけたまま仰向けにベッドに寝ていた。

国王ムスタファが、ひどく心配そうな顔で覆い被《かぶ》さるようにして望を見詰めている。

「どうし、て……ここに」

「ラシッドから、望の様子がおかしくなったのはここに通うようになってからだと打ち明けられた」

ムスタファが眉《まゆ》を歪める。

「お前が魔物に魅入《みい》られたんじゃないかと言っていたが」

「……、魔物じゃないよ」

腰がぞくぞくしている。

望の脚《あし》の奥には、少年の茎の先端が入ったままになっていた。半端な挿入がつらくて、会陰部《えいんぶ》がわなないている。

急に夢から切断されて、そこだけが繋《つな》がったままになってしまっているようだった。

「う……」

頬を紅潮させて腰を切なくよじりながら、望はムスタファの頬を撫でた。

「――俺の前では、過去を切り離さなくていいんだよ」

ムスタファが目を見開く。その黒々とした眸《ひとみ》が揺れた。

「俺は、望が夢見る王になりたい。過去は邪魔なだけだ」

やはりムスタファ本人にも、切り捨てようとした自覚があったのだ。

なにかを主張するように、身体に浅く挿《さ》さっている見えない茎が蠢いた。望は喉をヒクつかせて喘《あえ》ぎを殺す。不安定な声でムスタファに話しかける。

「君は素晴らしい国王になってる。でも俺が愛してるのは、国王だけじゃない。過去も含めたムスタファのすべてだよ」

この五年間、ムスタファは自分自身すら捨てる勢いで、ベノール王国のために献身してきた。そして結果は確実に実を結んでいる。

だから、もうそろそろいいのではないかと思う。

「等身大のムスタファにも逢《あ》いたいよ？」

そう囁くと、ムスタファがきつく目を閉じた。

煙こそ見えないものの、蝶香の匂いがあたりに立ち込める。

ムスタファの顔に、頑是《がんぜ》ない子供のような荒っぽさが塗られていく。それはあの少年の表情によく似ていた。

彼はゆっくりと部屋を見回した。暗い影が頬を流れる。

「そうだな……俺はここにいたんだな。ここを水煙草《たばこ》の煙でいっぱいにして、出口のない毎日を送ってた」

望は目を細める。

「初めて会ったころのムスタファは、まるで猛獣みたいだったよ」

「猛獣か。それなら、猛獣に戻ってみるか」

カンドゥーラの裾から熱い手が入ってきて、望は慌てた。

「いまは、ダ……め――」

「なんでこんなになってる？」

下着の前を覆うように掴んだムスタファに問われる。

放った精液にまみれた布。しかもその下で性器は硬く膨らんでいる。

恥ずかしさに頬を熱くしながら、望はムスタファの手を退けようとする。

「これ、は……夢精、を」

「そうか。望を欲求不満にしていたのか」

「っ、それは違う！　昨日の夜も何度もしたじゃないか」

ムスタファがずいぶんと意地の悪い顔をする。

「あれだけやっても足りなかった証拠だろう、コレは」

下着を下ろされる。

先走りと白濁でどろどろになった器官がぶるんと弾み出た。脚から抜かれた下着が床に投げ捨てられる。

ムスタファが自身のカンドゥーラの裾を大きく捲《まく》りながら、望の脚のあいだに腰を入れる。成熟しきった太い幹の先が迷うことなく望の蕾へと押しつけられる。

「ぁ」

ムスタファが怪訝《けげん》そうに眉を歪めた。

「望のここ、なにかおかしいぞ?」

ムスタファの亀頭《きとう》が宛《あて》がわれているその場所は、見えないもうひとつの茎ですでに拓かれてしまっていた。丸く口を開いたままヒクヒクしている。

その拓いたままの場所を、ムスタファの亀頭で探られる。

「ひ、ぁ、あ」

さっきからずっと浅い部分だけを見えないペニスで拓かれて、もう限界だった。

望は涙目でムスタファにねだる。

「挿《い》れ、て。奥まで、早く」

ムスタファは猛獣らしく酷くするつもりらしい。望が悲鳴をあげないように、掌《てのひら》で口を押さえつけると、震える粘膜のなかへと一気に根元まで突き挿れた。

最近の国王らしい、執拗だけれども甘やかで無理のない行為に慣らされてしまっていた望の身体は、痛みと衝撃にのたうつ。

狭まる体内を激しい抽送《ちゅうそう》で擦りたてられる。

「ンッ、ンン、——ンー…ッ」

「望」

本能のままに腰をめちゃくちゃに遣いながらムスタファが獣の目つきで睨《にら》んでくる。

「誰の夢を見て、夢精した?」

質問に答えさせるために、口から掌が外される。しかし望はまともに答えられる状態ではなかった。

「ぁ、っ、……あ、強すぎ、る——なかが……なかが」

望はいま、二本の性器を体内に感じていた。大人の男のものと、少年のものと。

「答えられないのかっ⁉」

「ん、っ、……ス…ファ」

「聞こえない」

「子供の、ムス……タファ」

切羽詰まって本当のことを答えると、ムスタファが急に動きを緩めた。

そして、なにか悪いことを聞いてしまったかのような顔をする。

「望は、子供とそういうことをしたいのか？」

「ち、違う。そんなわけないだろ——そうじゃなくて」

口が勝手に動く。

「俺は……過去のぜんぶのムスタファを知りたいんだ……ぜんぶのムスタファが欲しい」

言ってから、それが自分の本心なのだと気づく。

すべての年齢のムスタファと言葉を交わして、抱き締めたい。

光のなかにいる彼も闇のなかにいる彼も愛したい。

もしかすると魔物など本当はいなかったのではないか。ここで見た夢はすべて、自分の独占欲が生み出したものだったのではないか。

するとムスタファが妙に納得したように頷いた。

「俺もぜんぶの望が欲しい。手に入らない望がいると思うと、頭がおかしくなりそうだ」

「ムスタファ…」

自分と同じ思いを、ムスタファも自分に向けてくれている。

言葉にできない満足感と、すべてを所有しきれないもどかしさとが同時に身体の芯を震わせた。

なんとか互いを貪《むさぼ》りつくそうと、身体をぶつけ合う。
そして、そのまま力尽きて眠りに落ちた。蝶香の煙に優しく肌を撫でまわされる感触はあったものの、もう少年は夢のなかに現れなかった。

早朝に目を覚まし、ムスタファを起こす。
ムスタファはまだ起きたくないと子供みたいに腰に抱きついてきた。
「たまには、こっちでもこうしてすごすようにしよう」
頭を撫でてやりながら提案すると、ムスタファがわずかに目を覗かせて頷く。
望も笑顔を返したものの、その顔はすぐに困ったものへと変わった。
昨夜、ムスタファが床に投げ捨てた、淫らに汚れた下着がどこにも見当たらないのだ。
望は溜め息をつきながら思い直す。
やはり、ファラーシャマハルには可愛《かわい》らしい魔人が棲《す》んでいるのかもしれない。

END

あとがき

こんにちは。沙野風結子《さのふゆこ》です。

本作は既刊「ファラーシャマハルの王子様」を全体的に改稿して、後日譚の書き下ろしを加えたものとなっています。

一度世に出したものを、こうしてもう一度練り直して書籍というかたちにする機会をいただけて、たいへんありがたいです。

新装版用の改稿にあたっては、過去の作品と向き合う必要があるので恥ずかしかったり自己嫌悪になったり、いつもの新作の改稿作業とはひと味違った過程を辿ることになるわけで、今回もどこにどのぐらいどう手を入れるか悩みました。たまに、自分がなにを考えてそうしたのかわからない場面もあったり……。意識してる部分と無意識で書いてる部分が混在してるんですね。無意識がプラスに働いてるぶんにはいいですが、よくわからない方向に転んでいると頭を抱えます。

改稿点についてですが、キャラクター的には、ムスタファ(攻)はそのままですが、主人公の望は過去の部分を細かく変更しました。それと前作では少女だったキャラが少年になっていたりします。

旧作を既読で今作も読んでくださるという奇特な方には、変わった部分も楽しんでいただけたらな、と思います。

ムスタファは王道なアラブの王子様とズレてるキャラではありますが、年下にゃんこ攻めとして気に入っていたりします。横暴なようでいて、グルグルしちゃう内省型。

シーンとしては、ムスタファが噴水に突き落とされたところが、その後の望とのやり取りも含めて、気に入っています。後はやっぱり眼球舐めですね。それと階段プレイ……。

後日譚の「蝶宮殿の魔人」では、少年ムスタファが登場します。しかしこれ、一歩間違うと望は憑り殺されてしまったかも。

稲荷家房之介《いなりやふさのすけ》先生、お忙しいなか新たに美しすぎる表紙を描き下ろしてくださって、ありがとうございます。改稿にあたって改めてイラストを舐めるように眺めて、すっかり幸せになっておりました。

担当様、今回もたくさんアドバイスをくださり、また根気強く改稿に付き合ってくださって、とても助けていただきました。今後ともよろしくお願いいたします。

そして、本作を手に取ってくださった皆様に深い感謝を！

望とムスタファのアラビアンな恋物語ワールドに初めて訪れてくださった方も再訪してくださった方も、どこかしら愉しんでいただける部分があることを切に願います。

今回、口絵イラストの裏に稲荷家先生の描かれた旧作版の表紙が収録されていますので、そちらでも目の保養をお忘れなく。

それと仕事情報のブログを作りました。気が向いたときにでもチェックしてみてくださいね。

＊沙野風結子＊
http://sanofuyu.blog.fc2.com/

書き下しで
ムスタファ少年を見れて
すごく嬉しかったです♥
fusanosuke
Inariya

ガッシュ文庫

蝶宮殿の伽人
（2008年 ワンツーマガジン社刊『蝶宮殿《ファラーシャマハル》の王子様』を改稿・改題）
蝶宮殿の魔人
（書き下ろし）

沙野風結子先生・稲荷家房之介先生へのご感想・ファンレターは
〒102-8405 東京都千代田区一番町29-6
（株）海王社 ガッシュ文庫編集部気付でお送り下さい。

蝶宮殿《ちょうきゅうでん》の伽人《とぎびと》

2013年6月10日初版第一刷発行

著　者　沙野風結子［さの ふゆこ］
発行人　角谷 治
発行所　株式会社 海王社
〒102-8405　東京都千代田区一番町29-6
TEL.03(3222)5119(編集部)
TEL.03(3222)3744(出版営業部)
www.kaiohsha.com
印　刷　図書印刷株式会社

ISBN978-4-7964-0451-8

KAIOHSHA　ガッシュ文庫

STEAL YOUR LOVE -絆-

妃川 螢

イラスト／小路龍流

東大卒で元NO・1ホスト、現在は父親である衆議院議員の私設秘書――異例のキャリアが注目を集める不動師眞は、次の選挙戦に立候補を打診され、迷っていた。人気俳優の如月柊士と、恋人同士だからだ。そんなとき、忙しさを縫ってやっと叶った如月とのホテル密会がスキャンダルになり…！

お熱い夜は、あなただけ

洸

イラスト／周防佑未

あらゆる男を魅了するバーテンダー・ファロンの副業はビジネス愛人。「世の中、すべて金」というのがファロンの信条だ。なのに、最近ミョーな奴が気になりだした。とあるピンチを救ってくれた、売れない画家の悠史。うっかり交わしたキスで、意外なほど悠史の存在を意識してしまい…？

箱入り姫の嫁入り

真先ゆみ

イラスト／六芦かえで

「不束者ですが、よろしくお願い致します」日本人形が三つ指ついて挨拶する。将棋に勝った…それだけなのに、なぜか褒美として「嫁を貰う」ことになった小説家の玖園柊吾。しかも差し出されたのは、可憐な振袖姿の男嫁。昔馴染みの老翁・二条グループ会長から、養子の紫緒の婿にと見込まれて…？

KAIOHSHA　ガッシュ文庫

特別診療

あさひ木葉
イラスト／小山田あみ

ヤクザの幹部である岩切の愛人であり、新宿の片隅で小さな病院を営む真敏。恋人だった男の死を機に闇医者になった。医者でありながら恋人を救えなかったことへの後悔と悲しみは深く、資金援助を受ける代わりに岩切に身を売ったのだが、セックスは贖罪行為のはずなのに、真敏の体は岩切の愛撫に淫らに喘ぎ快感に溺れ——。

素直になれなくて

谷崎　泉
イラスト／梢崎ねねこ

すれ違いの日々に耐えられなくなり、恋人だった久家から逃げて三年。ペットショップで働く上平は、大好きな爬虫類に囲まれ穏やかな日常の中にいた。だが久家が現れ、復縁を迫ってきて!?　もう一度信じるなんて無理——そう思うのに、上平を取り戻すために大嫌いな爬虫類すら克服しようと必死な久家を、つき放すことはできず…。

ハウスメイドに恋をして

森本あき
イラスト／桑原祐子

幼い子持ちやもめの入江杏介宅では、優秀なハウスメイドを雇っている。住み込みで働く都築は、料理も掃除も完璧で、子供にも優しく面倒も良くみてくれる男前。いつしか杏介は都築の細やかな心遣いに惹かれるようになった。都築への切ない想いを抱えた杏介は、思い余ってキスをしかけるが——!?